LA CAZA DEL VENADO

Juana Moriel

FINALISTA
IV Concurso Internacional de Novela
Contacto Latino

ISBN-10: 1-63065-051-X
ISBN-13: 978-1-63065-051-3

PUKIYARI EDITORES
www.pukiyari.com

A mis padres,
por enseñarme la diferencia entre el norte y el sur.

Índice

1

El ciruelo de la amistad

—Dicen que don Eva vive solo desde hace un año —me comentó Julieta el otro día—. A quien pregunta, le contesta que Yolanda, su mujer, se fue a su pueblo y no tarda en regresar. Pero también cuentan que lo abandonó, o que se suicidó; y que el viejo, por vergüenza, no quiere reconocer ni una cosa ni la otra. Otros creen que la tiene encerrada en la casa, pero más de uno asegura, y yo sí lo creo, que la mató y la enterró en el jardín.

¡Ay, Julieta! Sale con cada ocurrencia. Cuando le digo que son chismes, que el viejo es a todo dar, me reta a que le pregunte por su mujer. Habla a lo tarugo, sin conocerlo. No quiere hacer migas con los vecinos porque, según ella, no viviremos aquí por mucho tiempo, pero eso está por verse.

A mí el viejo me cayó bien desde que lo vi limpiando el frente de su casa. Llevaba puesta una boina de lana negra en la cabeza y una chamarra también de lana, pero de un color negro pardo, y barría la banqueta como si tuviera todo el tiempo del mundo, empezando por una orilla y poco a poco llevándose la basura con la escoba hasta la otra, levantando una polvareda de poca madre. Así lo hace todos los días, esa es su rutina diaria.

La casa de don Evaristo no es como las otras. El barandal de hierro, alto, como de dos metros, de color verde bosque y con figuras de flores doradas, es apenas el envoltorio. Las dos ventanas grandes de arriba, con adoquines alrededor, evitando la base, parecen las pestañas de unos ojos enigmáticos, de esos que enganchan a primera vista. Las dos de abajo, pequeñas, una al lado de la otra y cubiertas con cortinas negras, dan la impresión de dos lunares. Con la puerta de madera fina en el centro, adornada con un cristal biselado, toda la casa parece una mujer distinguida de sonrisa discreta. Y más porque está pintada o vestida de color amarillo vainilla, que me imagino resaltará con el color rosado de la buganvilia que florecerá en el verano. A los pies de los arbustos del lado izquierdo, verdes, sanos, acomodadas en línea hay macetas de varios tamaños, llenas de tierra seca, esperando que les planten teresitas, margaritas o geranios, así como don Evaristo espera o desespera, guardando o aguardando un no sé qué.

Nunca se lo he dicho, pero para mí que a sus sesenta y tantos tiene la vida resuelta: mujer, hijos, casa propia y una pensión para los gastos. Quién como él. Llegar a esa edad para hacer con el tiempo lo que a uno le venga en gana, es un lujo. Conozco varios señores que a su edad siguen como yo, con una mano atrás y otra adelante.

Fue a mediados de febrero cuando me animé a hablarle por primera vez. Llegué del trabajo y como Julieta se había ido al *gym* y los niños jugaban al Nintendo, salí a la calle para quitarme de encima la modorra. Allí estaba Benito, el borrachín del barrio. Me senté a su lado, en la orilla de la banqueta, y encendí un cigarro.

—Ese viejo está tocado —me comentó al tiempo que me pedía una fumada.

—¿Por qué lo dices? —le pregunté, convidándole el cigarro.

—Porque sólo a él se le ocurre cuidar el jardín para una mujer que no va a volver.

—¿Cómo lo sabes?

—Es mujer, por lo tanto, traicionera —aseguró y luego de dar la última fumada y regresarme el cigarro le dio por cantar: *"Hipócrita, sencillamente hipócrita, perversa, te burlaste de mí…"*.

Mientras Benito seguía echando a perder el bolero, alcancé a ver a don Evaristo saliendo de su casa. Llevaba en la mano una barra larga de metal, de esas que se usan para hacer hoyos en la tierra. Crucé la calle. Unos cuantos pasos y ya estaba frente a su casa. Él empezó a escarbar en la jardinera, muy cerca de la entrada. Echaba madres y padres, dejando a un lado la barra para descansar de cuando en cuando. En una de esas le pregunté qué hacía.

—¿Qué no ve? —contestó sin mirarme.

Eché un vistazo hacia el porche. Junto a la banca de madera vi un árbol en un balde de plástico. Le pregunté si lo iba a plantar. No me contestó. Tomó agua directo de la jarra que tenía en la mesa de patio y volvió a agarrar el hierro con las manos llenas de ampollas.

—Déjeme, le ayudo —ofrecí, tratando al mismo tiempo de abrir la puerta del barandal.

—¿Usted quién es? —me preguntó arqueando las cejas canosas y clavando la mirada desconfiada de sus ojos color miel seca en los míos.

—Soy Ramón, su vecino. Vivo allá, enfrente —dije apuntando con la mano.

A regañadientes, a paso cansado, se encaminó al barandal y sacó la llave del pantalón revolcado para abrir el candado.

—A ver si es cierto que es usted tan salsa. —Y me señaló el garrote con la mano ampollada.

La agarré y empecé a cavar. Muy pronto me di cuenta por qué el viejo echaba madres y padres; justo donde se le ocurrió plantar el árbol había una piedra como del tamaño de una pelota de básquetbol.

—¿Por qué mejor no hacemos el hoyo acá, junto a la buganvilia? Parece que aquí la tierra es más blanda y...

No pude terminar de hablar. Sus ojos de miel petrificada se volvieron de acero.

—¡Cállese! ¡No sabe lo que dice! —Y me arrebató la barra con los brazos temblorosos.

—Pero...

—Pero nada. Esta es mi casa y aquí se hacen las cosas como yo digo. Váyase. No lo necesito.

Le quité la barra. Ante sus ojos iracundos escarbé lo que pude alrededor de la piedra, limpiándome el sudor de la frente con la manga de la camisa, hasta que tomé un descanso.

—¿No que muy chingón? —Y soltó una carcajada dejando ver sus dientes amarillentos y chuecos.

Me cayó en los huevos. Yo de menso queriendo ayudar y él haciéndome bulla. Volví a tomar el lingote y lo enterraba con más ganas alrededor de la piedra para callarle la boca. Sacaba la tierra con una pala bajo la mirada burlona del viejo y aunque estuvo cabrón, saqué la pinche piedra y adrede la dejé caer cerca de sus pies. Me miró azorado.

—Pues, de que es usted chingón, no hay duda. De una vez tráigase el árbol y plántelo, se ve que tiene buena mano. Mientras, voy a la tienda. ¿Quiere una cervecita?

—Simón.

—¿De cuál?

—Caguama.

—Hasta barato me resultó.

Aquella tarde fui yo quien plantó el ciruelo, aunque él siempre diga que lo plantamos entre los dos. Y sí, ahora que lo pienso, se puso roñoso cuando le propuse plantar el árbol junto a la buganvilia, pero no por eso voy a desconfiar, ni a preguntarle por su mujer. Seguro que me contará una de estas tardes. Él no toma cerveza sino *brandy*, como los hombres, me dice para picarme la cresta; y aunque no toma mucho, los tragos hacen que sus pláticas me sepan más sabrosas.

Un soplo es la vida

Como ya empiezo a tenerle confianza, en vez de llamarlo Ramón le voy a decir Món. Yo me llamo Evaristo, pero cuidadito y haga por decirme Eva. Suena a mariconada. A más de tres les rompí el hocico por llamarme así. Sí, soy bien bárbaro. Nací en Santa Bárbara, un pinche pueblo de mineros muertos de hambre. Entre ellos mi padre, Fermín Morán, así viniera de una de las familias más acomodadas del lugar. Aunque, como le dije, en aquel caserío miserable, compuesto de casas sin ventanas, sin puertas, por donde el viento entraba y salía como Juan por su casa, con tan sólo un cuarto que servía de cocina, recámara y cuarto de baño, la mayoría creíamos que las familias que tenían algo más que fríjoles en las mesas eran ricos.

Por borracho y desobligado, de los Morán mi papá sólo heredó el apellido y nada más por éste logró matrimoniarse con Ester Patiño, mi mamá, una muchacha flacucha de ojos tristes y muy tonta por haberse casado con el bueno para nada de mi padre, a según me contó una de mis tías, pese a las advertencias de sus hermanos, quienes nunca tuvieron a bien ver que ella se desposara con un simple minero, con todo y que se apellidara Morán.

Y tenían razón, Món. De niño yo veía que en los ojos de mi mamá habitaba el sufrimiento. ¿Cómo no? Éramos siete hijos, dos hombres y cinco mujeres, sin contar los tres que murieron al poco tiempo de haber nacido, todos lombricientos y con la chingada hambre pintada en la boca. Mi papá no la veía, en primera, porque llegaba a la casa cuando ya nos había vencido el sueño; y en segunda, porque siempre llegaba borracho. Pero fíjese que entre dormido y despierto mientras esperaba a que mi padre regresara, yo escuchaba el llanto quedo de mi madre, acompañado por el crujido de las patas de la silla cada vez que se levantaba para asomarse por la ventana. Así como estaba de chiquillo, en lo que trataba de dormir, me imaginaba que la cargaba, la cobijaba y la arrullaba, como si ella fuera la hija y no yo el crío. Así eran mis duermes, Món, angustiados por no poder aminorar los sollozos de mi madre.

Luego ya de más grandecillo se me fue encajando, muy adentro, una rabia hija de la chingada que no me dejaba llorar, cuando algunas veces mi madre amanecía con un moretón en los ojos, uno que ella decía haberse causado por tonta, por no ver en la noche en dónde se hallaba la puerta. Usted no se imagina lo que un hijo sufre cuando el padre golpea a la madre, es más que una mentada, es una puñalada por la espalda. Pero ha de saber que, a diferencia del cobarde de Javier, mi hermano mayor, un día, cuando yo andaba por ahí de los diez, me di de chingazos con mi viejo. Claro que, por lo enclenque que yo estaba, me tumbó al piso de un jodazo en el hombro, pero desde entonces, no sé si por vergüenza o por prudencia, no volvió a ponerle la mano encima a mi madre.

De ahí en adelante, qué le digo, cargo también con esa culpa porque en el fondo, muy en el fondo, yo lo quería como cualquier mocoso quiere a su padre, así sea éste un cabrón. Después vinieron otras desgracias que me hicieron salir huyendo de aquel pinche pueblo muerto de hambre; pero de esas y otras, ya le contaré. Bueno, Món, estuvo buena la plática. Usted no es como los otros, usted sí sabe escuchar. Lo espero aquí mañana con una cervecita a la misma hora, si es que su mujer lo deja venir, digo. Ya son las diez. Voy a tratar de dormir.

Encadenados los sueños

Te hablas frente al espejo que buscas en la penumbra de la noche. Eres el que da vueltas y vueltas en esta cama rodeada de ratas, de cobijas hediondas a tus orines, de almohadas en las que se acumulan tus ácidas babas y la cerilla de tus orejas sordas, la que se te derrite por las noches, mientras subes y bajas la escalera, contando las gotas que caen del grifo sobre el vaso que poco a poco se va llenando del agua que te recuerda que llevas piojos en la cabeza y lanas en los escondrijos de tu cuerpo, porque ya no te bañas, también te da miedo, te horroriza pensar que el agua descubra tu mirada prisionera, la que se empeña en no ver más allá de tu nariz llena de mocos endurecidos con la tierra que levantas al barrer todos los días el frente de tu casa vacía de mujer, de olor a jabón hervido y de ropa blanca doblada sobre la mesa, también vacía, vieja, reumienta y crujiente como tú y tu conciencia, la que te lleva todas las mañanas al jardín por si encontraras entre la tierra la raíz que hace tiempo te culpa y te envenena, la que lleva atado tu ombligo, el que sembró tu madre en aquella tierra miserable, con el que extiendes y arrastras la rabia que reconoces en el espejo, oculto bajo la mustia luz de la veladora que le enciendes a la noche, la que te echa encima una frazada de insomnio encanecido, como los cabellos que te quedan y que te hacen repetirte que eres un miserable al que le cuelgan dos huevos secos, incapaces de hacerte abrir el diario empolvado de Yolanda, el que encontraste hace días y al que le sacas la vuelta por miedo a leer lo que dice su cuidada caligrafía, aquello que tal vez escribía encerrada en su cuarto meses antes de descubrir que se iría, aquello que quizás te haga comprender el deseo de su partida. Pero por más que quieras ocultarlo, en el fondo sabes que ya es hora. Pon al día el calendario. Ajusta las manecillas veloces del reloj. Anda, imbécil, abre ese cuaderno. Amárrate los huevos y de una vez por todas empieza a leer.

Evaristo no quiere que vaya este año. Que ya jubi-lado hay que cuidar el dinero. No sé para qué. Desde su sentencia, la comida ya no tiene condimento. Zapa-tos, sombreros, bolsos, perfumes, trajes para mi viaje anual. ¿Qué hacer con todo lo que guardo en el ro-pero? Le caerán encima mis cincuenta y siete años, se volverán polilla, como yo esqueleto si me quedo a pe-recer en esta jaula pintada de amarillo.

En realidad nunca he vivido en esta ciudad, ado-lescente precoz que le gusta revolcarse en los excesos: frío, calor, tormenta, sequía. Y este viento fronterizo, voluntarioso, empujando y golpeando mi cuerpo su-reño que tiende a inclinarse hacia mi pueblo, a Jalisco, donde los callejones guardan besos coloniales, allá donde la villa es una doña que sí sabe cómo poner la mesa, allá donde las gotas recién caídas yacen en las hojas del aguacate, en las limas y en la buganvilia del zaguán en la casa de mis padres.

¿Y si regresara para quedarme?

Lavar la sangre de mi madre derramada en la bal-dosa.

Amarrar a mi padre de la pata de la cama y darle la guitarra.

¡Que cante!

Mientras camino por las calles empedradas, recién bañadas por la lluvia de la tarde, siguiendo el sonido acuoso de las campanas que llaman a las almas a congregarse en el centro de la plaza.

Llegar tomada de la mano tibia de mi madre a la esquina, donde el aroma de pan recién horneado abre toda clase de apetitos.

Ver mi silueta delgada en el espejo de la costurera, mi larga cabellera negra, mi pecho empezando a crecer y mi mirada confiada al ver a mi madre con los labios pintados, sentada en la banca, dándole un beso a mi hermana.

Circular por mi cuenta, con un vestido nuevo, abrazada de amigas, en sentido contrario a los muchachos, entre sonatas pretenderme Alejo con una margarita.

Darle el primer beso, sin temor a las miradas, y abrazarle percibiendo su olor a frutas de estación.

Pero antes preciso seccionar el miedo que hila lo callado, retomar mi voluntad de moza, enterrada por cuarenta años de matrimonio entre la ropa sucia acumulada en los cestos envejecidos, entre la frialdad de las sábanas decoloradas, entre el hervor de las sopas diarias, entre las fotografías de mis hijos que ya se fueron y, sobre todo, entre el monedero, donde se halla hacinado el dominio de Evaristo.

Sigue escribiendo, Yolanda Montaño de Anza, libera tu nombre y apellidos.

Hombres y olvidos pequeñitos

Últimamente Monchis y yo discutimos más que antes. Mi mamá dice que no lo contradiga, aunque sea un inútil, porque luego me deja y qué van a decir los familiares y los niños. Ella está igual que él, se hace la loca. El día de mi cumpleaños me trajo un vestido y un perfume de azucenas, dizque para que cautivara a mi marido. ¡Ay mi mamá tan telenovelera! El tarado ni siquiera se acordó. Me arreglé desde las tres de la tarde, me puse el vestido floreado, lo rocié con el perfume, me maquillé y me peiné. Todo para nada. Como a eso de las cinco, asomada a la ventana estuve esperando a que llegara del trabajo derechito a la casa, pero no fue así. En cuanto se bajó del camión, patitas a volar. Se fue a casa de don Eva. Me quedé esperándolo como novia de rancho, vestida y alborotada. Estuve tentada en cruzar la calle, plantarme frente a la casa del viejo para recordarle que era mi cumpleaños, pero así no tiene chiste. Acosté a los niños y seguí esperando sentada en el sillón, cambiando los canales de la televisión sin ton ni son. Llegó hasta las diez de la noche, como lo hace últimamente.

—¿Y ese vestido? ¿A dónde fuiste?

—A dónde iba a ir, tarugo. A ningún lado. Te estaba esperando. Hoy cumplo años. Pensé que me invitarías, de perdida, a comer tacos a la esquina.

—¡Qué caray! Se me pasó —me dijo dándome un abrazo, haciendo que se me revolviera el estómago con el olor de mi perfume de azucenas y su olor a cerveza y cigarro—. ¿Por qué no me acordaste?

—Porque es tu obligación, no la mía.

—Mañana es miércoles, podemos ir al cine al dos por uno.

Tonto. Sacó de la manga su última carta. No se da cuenta de que al otro día ya nada vale.

La amistad con don Evaristo lo está apendejando cada vez más y aparte de que lo emborracha, le está lavando el coco. Ya van varias veces que me comenta que la colonia le gusta, que, a lo mejor, con el tiempo, nos hacemos de una casita aquí, en esta colonia de mala muerte. Ya hasta compró una maceta, le plantó unas flores y la puso en la entrada. Ridículo. Conformista. Insensato.

Esa misma noche, mientras me quitaba el vestido floreado y me desmaquillaba, le hice ver que no podemos quedarnos a vivir aquí. Esta ciudad se está convirtiendo en un matadero. Ayer, en un sólo día, asesinaron a siete personas en distintas zonas. Los periódicos dicen que algunos eran civiles, de esos que nacen estrellados y por lo mismo les cae del cielo una bala perdida o los atropella una patrulla de policía.

—Exageran —alcanzó a decir mientras se lavaba los dientes.

Yo no creo que sean exageraciones. Mientras se ponía el pijama le conté que la semana pasada los soldados entraron a la casa de don Melchor, aunque la gente dice que no eran soldados, sino maleantes disfrazados de soldados, la misma cosa. El caso es que esos tipos se metieron a la casa de Melchor a punta de ametralladoras, esas armas que antes uno sólo veía en las películas de acción, pero que ahora vemos en el mercado, en la iglesia, en el periódico, en la televisión y en las revistas donde salen las fotografías del Ejército que supuestamente viene a liberarnos de la violencia y el terror.

—¿Quién sabe? En una de esas, y sí.

—Sabrá Dios.

—Vamos a dormir.

En lo que Monchis agarraba el sueño le dije que los soldados destrozaron los pocos muebles con los que contaban Melchor y su mujer. Quebraron los vidrios de las ventanas y derribaron las puertas con el afán de encontrar pruebas que demostraran su complicidad con el narcotráfico. ¡Qué ocurrencia! Esos dos no tienen en dónde caerse muertos, amén de la cama vieja que el hombre heredó de su madre. Tienen un carro, sí, pero destartalado, en el que venden elotes enchilados los fines de semana. Y tal parece que las ganancias de la venta no les alcanzan ni para un *shampoo*, pues andan con los cabellos más duros y sucios que un cepillo de cantina. Pero los soldados, o los rateros, como quiera que sea, dieron con unas monedas de plata que Melchor guardaba como su tesoro en un agujero en el techo. Fueron de su padre, antes de su abuelo, y luego de él, que, después del atraco, se quedó en la quinta chilla, chiflando en la loma, sin monedas y todo golpeado.

—¿Cómo sabes tanto, mujer?

Lo supe por la gente chismosa de la colonia. Se comentó en la tortillería, en la farmacia y en la panadería, pero no en el periódico, pues, como muchas de las atrocidades que están pasando en la ciudad, el caso de Melchor no salió en las noticias. Dicen que, al día siguiente, con todo y que estaba completamente amolado por los golpes, el hombre fue a la estación de policía a poner una denuncia. Tuvo que esperar porque, aunque ya eran las nueve y media de la mañana, no había ningún oficial que lo atendiera. Se tomó dos aspirinas para el dolor, que su mujer le guardó en la bolsa de la camisa, con un café que consiguió en la esquina y se dispuso a hacer fila frente a la oficina de la comandancia, pero fue en vano. Cuando a las quinientas llegaron dos oficiales y a Melchor le tocó exponer su caso, los agentes le dieron unas formas que el hombre no pudo llenar porque no atinaba a agarrar el lápiz; traía moretones hasta en el dedo meñique. Al verle la traza, los policías le recomendaron que fuera a la Cruz Roja para tratarse debidamente las heridas que traía en la cabeza y en la cara, luego que se fuera a descansar a su casa y que, por su bien, se olvidara del asunto. ¿A descansar? ¡Ja! Pobre Melchor, ya me lo figuro en su casa, recostado sobre los vidrios y muebles rotos, mientras que su mujer, más despeinada que nunca, no para de llorar, todavía aterrada, en el rincón de lo que fue la cocina.

Para cuando terminé de hablar, Monchis roncaba. Así pasa últimamente. Todo lo que le cuento, le entra por un oído y por el otro le sale. Tampoco le puedo tocar el tema de irnos al otro lado porque se pone a la defensiva. Mi hermano mayor, que vive en California desde hace más de cinco años, me ha invitado a que me vaya para allá, con Monchis o sin él. No tiene permiso para trabajar, pero eso no le ha impedido que tenga un negocio de construcción y su propia casa. Me ha enviado fotografías. Es bien bonita, de dos pisos, ventanas grandes, árboles y flores. Es por ese lado, el de una casa elegante, con jardín, como el de don Eva, que tarde o temprano lo voy a convencer para irnos, pues, a decir verdad, no me gustaría irme al otro lado a batallar sola con mis hijos. Lo conozco. Sueña con tener una casa como las que salen en las revistas. Me lo ha venido diciendo desde que nos conocimos y de hecho antes de casarnos me prometió que me la compraría, otra de sus tantas promesas no cumplidas.

Y sobre ese viejo endiablado de don Eva menos le puedo hablar porque de inmediato se alebresta, y más cuando le insisto que en esa casa hay gato encerrado. No me crees, pero ya verás Monchis, conseguiré un trabajo, nos iremos a California, y juro que a ese gato lo saco yo, como que me llamo Julieta.

2

Persiana americana

Me dice que trae la idea de irse a vivir a los Estados Unidos. Anda usted bien errado, Món. No lo quiero desanimar, pero la vida allá está de la chingada. Sí, sí, ya me dijo que la idea no es suya, sino de su mujer, lo que es peor. Le ha de decir, como cree la mayoría, que allá hay más oportunidades. Puras pinches mentiras. Es cierto que en el otro lado se vive con más comodidades, pero cuestan, hay que pagarlas con un chingo de horas de trabajo. Aunque trabajar es lo de menos, lo que más se sacrifica es la familia, los hijos, la patria. ¿Cómo que cuál patria? Así esté bien jodida, ésta que nos ha dado un idioma, una historia, unas tradiciones y costumbres que nos hacen llamarnos mexicanos y no puertorrique-ños, guatemaltecos o peruanos. ¡Dios guarde la hora! No, no, no me interrumpa. Sírvame un trago. Le voy a contar de la vez que me fui a "probar fortuna" al otro lado, nomás para que se dé un quemón.

Verá, cuando tenía cerca de un año de casado, mi hermano Javier, que es mayor que yo, me animó a acompañarlo al sur de California, a una ciudad llamada Maywood, creo, ya no me acuerdo. Estaríamos por ahí del año sesenta y ocho, porque mi hija nació en noviem-bre del sesenta y siete, y cuando me fui tenía apenas dos meses. Sí, dejé a mi hija recién nacida, a mi mujer y mi trabajo. Según mi hermano, entre los dos íbamos a hacer un chingo de lana, regresaríamos con los pantalones retacados de billetes verdes. Total, nos fuimos, pero no juntos. Para aquel entonces yo tenía pasaporte porque conseguí un trabajo de planta, pero Javier no. Así que el pendejo tuvo que irse antes; le tocó cruzar el río como cualquier espalda mojada, en una llanta. ¿Yo? Me fui en el camión.

Nos encontramos allá, en Maywood, en el departamento que rentaban unos amigos de Javier. No niego que en cuanto puse los pies fuera del camión todo me impresionó. Las calles estaban bien parejas, limpias y sin hoyos, los parques repletos de árboles rebozando el verde, las casas como modelos, adornadas con flores de distintos tipos, las tiendas repletas de todo lo que uno ha soñado tener. En fin, una ciudad de esas que uno sólo había visto en las películas gringas y que, por lo mismo, por ser gringa, me echó en cara el idioma. Sí, en ninguna tienda, gasolinera o restaurante me entendían. La mayoría de las personas sólo hablaban inglés. Me sentía como en la película de la India María, ¿se acuerda? Todo el camino a Maywood se me fue en tomar *coffee* y comer *donuts*, que era lo único que sabía decir en inglés.

Bien, pues llegué al departamento; y para mi sorpresa, ya estaba allí Javier.

—¡Quíubo, carnal! ¿No que muy chingón? Más te tardaste tú en cruzar el pinche puente a pie, que yo cruzarlo en una llanta, con todo y maleta.

El departamento donde dizque vivían Javier y sus amigos estaba en una zona más o menos decente. Tenía dos cuartos y un baño que compartíamos seis batos;

pero como no había mujeres que se encargaran de la limpieza, imagínese el desmadre: botes de cerveza por donde quiera, periódicos, comida echada a perder, platos sucios, el baño estaba como para vomitar y las camas parecían nidos de víboras. Sí, tan jóvenes y vivían como lo hacemos los viejos: cansados, enfermos y abandonados.

—No te agüites, carnal —me dijo Javier esa primera tarde, abriendo una lata de cerveza, y sentándose en el suelo para jugar a las cartas con los demás.

Javier no debió de haberme invitado, ni yo haberle hecho caso. No les caí bien a sus amigos porque nunca les seguí el juego, ni el de las cartas ni el de la parranda. Llegué en fin de semana, la que ellos dedicaban a la pachanga, pero yo sólo quería salir a caminar para despejar y acomodar la mente.

—No la pienses tanto, carnal, vente a divertir con nosotros. Verás que el lunes que nos lleven a trabajar a la bodega se te pasa el susto.

Pero no, no me podía divertir porque no dejaba de pensar en mi mujer y mi hija, ni siquiera cuando empecé a trabajar de seis de la mañana a seis de la tarde en la bodega-refrigeradora de una tienda que se llamaba Golden Store. ¿Qué hacía? Junto con mi hermano, descargar la mercancía que venía en los furgones del ferrocarril y almacenar carnes frías, distintos cortes de carne de puerco y res, costales de papas y demás. Sí, era una chinga. Nos pagaban ochenta dólares diarios por descargar dos furgones, pero había que dividirlo entre los dos. Al cumplir un mes, me puse a hacer cuentas: cuarenta dólares por cinco días, daban doscientos.

Pero de esa cantidad tenía que descontar la renta y la comida. Y, pues, no me pareció dejar a mi familia a la buena de Dios por la cantidad que me quedaba.

—Anímate, carnal. Ahorra y al rato te traes a Yolanda y a la niña.

Más que animarme, Javier me prendió un cuete en el trasero, porque en ese momento me pasó una película frente a los ojos: mi mujer y mi hija viviendo en esa o en alguna otra pocilga, encerradas todo el día para evitar el peligro en las calles o ser levantadas por la migra. No. Yo tenía otros planes para mi familia. Quería hacerme de un terrenito y construir, junto a la casa, un corral para llenarlo de gallinas y así lograr que mis hijos tuvieran la fortuna de comer huevos frescos todos los días. Sí, gallinas, no me interrumpa. También tenía pensado hacerle a mi hija una casita de madera para que, más grandecita, jugara allí con sus amiguitas a las muñecas. Y no podían faltar los columpios y un perro para los chamacos que vendrían después. Pero, más que nada, pensaba en su futuro, si me quedaba a vivir en Maywood, o en cualquier otra parte de los Estados Unidos, ¿cómo se educarían mis hijos?, ¿qué costumbres tendrían?, ¿qué idioma hablarían?

Nada más aguanté cuatro meses. Regresé a mi casa, con mi mujer y mi hija, y volví al trabajo. ¿Y Javier? Él sí se quedó. Luego mandó por su familia y hasta la fecha allá vive, mejor dicho, medio vive, porque la familia se le echó a perder. Tiene dos hijos que entran y salen de la cárcel, como quien entra y sale de la panadería, una hija drogadicta y la otra estafadora. Sí, pobre de mi carnal, pero eso le pasó por pendejo.

Cuando uno siente que le atoran el pescuezo, lo más fácil es salir corriendo a donde huele a pan, pero esa no es la solución. Hay que agarrar al toro por los cuernos, amarrarse un huevo, o los dos, para luego no andar arrastrando hijos y nietos confundidos porque no se sienten ni de aquí ni de allá. ¿Exagero? ¿Que los tiempos ya no son los mismos? Estoy de acuerdo. Ya no son los mismos, son peores. Pero ahí está el detalle, como diría Cantinflas. En aquellos tiempos y en estos, los hombres debemos de ser de una sola pieza. Hay que hacerse un plan y seguirlo al pie de la letra, como poner un negocio, por ejemplo. Sí, un negocio, y que nadie lo mande a uno. Píenselo. Luego le cuento cómo puse el mío, a ver si se anima. Y ahí lo dejo porque es hora de ir a dormir.

A B C Diario

Hoy te noto algo cambiado. ¿Te bañaste? Sí. Parece que hablar con tu nuevo amigo te hace bien, o será que la lectura del diario de Yolanda te trae alborotado. Al mirarte al espejo te das cuenta de que una araña habita en tu cabeza, tal vez desde que naciste. Puedes ver, muy en el fondo de tu mirada vaga, una de sus patas chuecas. Sin saberlo la alimentaste con el entusiasmo de todo joven en vías de comerse el mundo; y luego, con el equilibrio que da el matrimonio. Le gustaba, pues durante ese tiempo no te molestó. Comía y dormía en algún rincón de tu cabeza. Crecía y se hacía fuerte para ahora, que eres un viejo lleno de miedo y de culpa, ella sea tu carcelera.

Después de la primera lectura sentiste su castigo. Sacó las agujas con las que te punza el nombre de *Alejo*. *Darle el primer beso, sin temor a las miradas, abrazarle percibiendo su olor a frutas de estación.* ¿Qué crees que significa todo eso? ¿Qué ideas empiezas a hacerte en la cabeza? Leer hasta el final, Evaristo. Es temprano para que hagas juicios. Pero date cuenta de que ya has vuelto la vista atrás. Vas vislumbrando otra cara de Yolanda y sientes que la aguja penetra la costra que protegía tu memoria, la que se va desenredando con cada golpe que te das en la cabeza contra la pared en las noches, pues por más que intentas, no logras entender sus mensajes complicados, y menos cuando le da por la poesía, esa, su arma de doble filo. Escribe con el abecedario que usamos todos, pero sus palabras forman universos incomprensibles, con naturaleza propia, como muy de ella. Te presenta imágenes de un mundo lleno de colores, olores, sabores, sonidos, todo cargado del sentimiento que no has podido, o no has querido expresar: amor; y otro que te es muy familiar: miedo.

Entre viento y hojas secas

amanezco. La basura vuela

por la calle pasa de largo puertas,

casas contiguas para detenerse

en esta. La triste buganvilia se menea

dejando caer los últimos pétalos

sobre la terracota del piso. En el porche,

las bancas de pino se van cubriendo con el polvo

la poesía y la prosa se disputan

*la campana de mi pueblo anunciando las nueve de
la noche.*

Acostada junto a mis hermanos, espero a que las tías, Carmen, Lupe y la abuela cierren de una vez la puerta de la pieza. En voz baja hablan de nosotros.

Pobres. ¿Qué hacer con ellos?

Mi tía Lupe no quiere casarse con mi padre, Fernando Montaño Pérez. Ya tiene un novio y espera tener hijos propios. No quiere ser la madre de sus sobrinos.

Mi padre, un sinvergüenza irresponsable, se fue al norte y hace meses que no paga el internado. No hay de dónde para dar de comer a cinco bocas más.

Por fin cierran la puerta. Escucho sus pasos alejándose.

Por eso nos vamos al norte. Vamos en busca de mi padre.

Me levanto y abro la ventana para dar la señal a mi hermano Antonio, quien espera afuera desde hace horas.

Despierten. Ana, no llores. Julio, no preguntes. Gabriel, ponte los zapatos.

Antonio recibe a Ana. Ayudo a Julio y a Gabriel a saltar y por último trepo y salgo. Escapamos de la casa de la abuela.

En la calle.

Pasos cautelosos sobre el empedrado. A oscuras.

En la esquina es el correr. Antonio lleva a Ana en brazos. Yo, con Julio y Gabriel de las manos, corro hacia mi casa color azul cielo, la que tiene en la puerta el sol que se apagó al dar a luz.

¡A la casa no! ¡A la estación!

Corremos por el puente. Abajo, el río, las ranas y los grillos cantan una triste canción de despedida. Pasamos de largo la Iglesia de la Soledad. Al lado, la casa de Alejo. Alcanzo a tirar una piedrecilla. Adiós.

Gabriel pierde un zapato.

¡Qué corra, con una chingada!

Sí. Corremos, Antonio, corremos como delincuentes al maldito norte.

Nosotros, los pobres

Anoche le dije a Monchis que estoy buscando un trabajo. Quise darle todos los detalles, pero me ignoró. Anda más pensativo que nunca. Ayer, domingo, se la pasó en pijama, echado en el sillón, entre platos y vasos sucios, y galletas mordisqueadas, mirando embobado la casa de don Eva por la ventana rota, sin importarle que nos tenga viviendo en esta pocilga de paredes mal hechas, techo agujerado y piso aventado al ahí se va. La casa del lobo feroz, como dicen Damián y Fabián.

Pobres de mis hijos. Es mi madre quien se encarga de que no traigan los pantalones de brinca-charcos, coman el cereal americano del conejo Trix y paga su inscripción a la escuela cada año. La muy buena también me da para pagar el *gym*. Si no fuera por ella, yo estaría convertida en un elefante. Pero la llave de la regadera tiene una fuga, la palanca del escusado está atorada y hay ropa sucia todos los días. No hay dinero para reparaciones, y a veces ni para comprar jabón. Vivimos en un puño. El sillón ocupa toda la sala, y con la televisión de pantalla grande que Monchis sacó en abonos el año pasado, y que todavía no termina de pagar, y la mesa de centro donde juegan y comen mis hijos, apenas se puede pasar a la cocina, donde guardo el mandado en rejas de madera a falta de gabinetes. Las dos recámaras andan por las mismas. Las camas ocupan todo el espacio; y del baño, mejor ni hablar.

—No empieces con tus quejumbres de ama de casa amargada. Es lo que te puedo dar por el momento —

me repite el descarado de Monchis cuando le comento sobre la situación, pero yo no me dejo.

—Eso me vienes diciendo por seis años. Ya te voy perdiendo la fe. No sé por qué no me he ido a vivir con mi mamá.

—No te has ido a vivir con tu madre porque sabes muy bien que no te aguanta ni una semana.

Pesado. No voy a dejar que me desanime. Esta mañana fui a La Estrella a comprar el periódico para buscar trabajo en Clasificados. Al entrar me recibió la Güera.

—Buenos días, Julieta. ¿Cómo le va? —me preguntó en tono alegre, llevaba puesta una pañoleta color rojo amarrada en la cabeza que acentuaba en pleno su rostro maltratado y sus ojos temerosos.

—¡Güera! —se escuchó gritar una voz carrasposa.

—¡Ya voy, viejo! —me pidió que la esperara en lo que iba a ver qué necesitaba su marido.

No tardó mucho. Regresó al registro secándose las manos en el delantal.

—Estos hombres —dijo mientras me cobraba—, tiene una que darles todo en la mano. Figúrese que Pancho no encontraba la barra de jabón en la regadera y estaba allí, a un lado, en el botecito donde siempre guardo su rastrillo de afeitar y el estropajo. Así ha de ser también su marido, supongo.

—Más o menos por ahí anda. Gracias.

En lo que me encaminaba a la salida, entró una mujer medio gordita, de cabello áspero y piel oscura y cuarteada, como de cocodrilo.

—¿Cómo está, doña Cata? —preguntó la Güera con entusiasmo—. Le presento a nuestra nueva vecina, Julieta.

La saludé y sentí su mano más rasposa que una lija. La mujer se dispuso a escoger verduras para el caldo de res que estaba preparando para el familión que tenía, pues entre la plática que sostuvo con la Güera, sin querer me enteré de que en su casa vivían sus cuatro hijos, con sus respectivas mujeres e hijos, su madre anciana y enferma, un chamaco que recogió de la calle y, de vez en cuando, su marido. La conversación se interrumpió con la llegada de una mujer delgada, tan descolorida como una hoja de papel para imprimir.

—Pásele, pásele, Beatriz —la recibió la Güera con tono cariñoso, entretanto pesaba unos tomates a doña Cata y enseguida me presentó.

—Mucho gusto, Julieta —me dijo Beatriz con un tono dulce, como de hermana de la caridad—. ¿Es usted del sur? Lo digo por sus ojos tapatíos.

—No, soy de aquí. Mi madre sí es del sur, de Jalisco.

—Yo soy de un pueblo en Durango —continuó.

—Yo, de Torreón —dijo doña Cata, sin que nadie le preguntara.

—Yo nací en la capital del mundo, Parral —terminó diciendo la Güera.

—¿Y qué le parece el barrio? —me preguntó Beatriz haciendo un gesto con sus ojos verdes.

—No vamos a vivir aquí por mucho tiempo. Estamos por irnos a California.

—Qué pena. Yo no cambio este lugar por nada.

—¿Ni aún con las tantas veces que han asaltado su farmacia? —preguntó doña Cata.

—No. Creo que de algún modo ya nos acostumbramos. ¿Verdad, Güera?

—Pues, le diré. A usted la han asaltado más veces que a mí, y yo no sé cómo es que puede estar tan tranquila. Yo, cada vez que abro la tienda, me encomiendo a Dios. ¿Qué más?

—Hay que tener fe y confianza en que todo va a cambiar. Hasta ahora los vecinos siguen saliendo en las tardes a pasear y a platicar frente a sus casas, aunque sí, algunos se han ido.

—La extraña a Yolanda, ¿verdad, Beatriz? —preguntó la Güera.

—Sí —contestó Beatriz de tajo y se acercó al mostrador para pagar las latas de chícharos.

—¿Ha sabido algo de ella? —le preguntó doña Cata en voz baja, limpiándose el sudor de la frente con un pañuelo mugroso que traía en la bolsa de la falda.

—No —contestó Beatriz rotundamente y salió de la tienda sin despedirse.

Hubo un largo silencio. Doña Cata reacomodaba las verduras en la bolsa y la Güera limpiaba el mostrador con un trapo.

—¿Por qué le preguntó a Beatriz si Yolanda le escribe? Todos sabemos que la esposa de don Evaristo desapareció como si se la hubiera tragado la tierra —dijo la Güera con tono de reclamo.

—La misma tierra del jardín de su casa, sí, pero quién sabe, en una de esas estamos equivocadas, y como Beatriz era su mejor amiga, pues nomás pregunté para ver qué le sacaba, pero ya me voy. Dejé cociendo la carne y se me va a resecar. Mucho gusto, Julieta. Espero verla muy pronto por mi puesto. Tengo ropa usada para usted y sus chamacos.

En cuanto doña Cata se fue, la Güera me hizo señas para que me acercara al mostrador.

—El otro día unos chamacos me dijeron que vieron el fantasma de Yolanda en el jardín de la casa de don Evaristo, fíjese.

—¡Güera! —se volvió a escuchar el mismo grito carrasposo del marido.

—¿Usted cree? —continuó la Güera toda apresurada—. Además, Justina, la que vive en la esquina, me contó que…

La conversación de la Güera se interrumpió cuando una papa le dio en la cabeza.

—¡Te estoy hablando! —llegó gritando el dichoso marido—. Con una chingada, deja el chisme y atiende cuando te hablo—. Luego se dirigió a mí—: Ande a atender su casa.

La Güera se puso más roja que un tomate. Sobándose la cabeza, me acompañó a la puerta y enseguida le echó llave.

Antes de cruzar la calle me detuve frente a la casa de don Eva. Me encantan sus toques sureños. La buganvilia ya empieza a verdear. Me recuerda la casa de una tía que vive en Teocaltiche. En eso tuve que salir disparada porque unos niños pasaron corriendo y gritando: «¡Asesino! ¡Asesino!». Con tanto misterio alrededor de Yolanda, volví a acordarme que uno de estos días tengo que darme la maña para entrar a esa casa embrujada.

La fuerza del destino

Sentado frente a la computadora no soy Ramón, ni Món, ni Monchis. Soy un simple procesador de datos, un robot con número alumbrado con luz artificial. El gafete que cuelga de mi camisa tiembla cada vez que el supervisor abre la puerta, llama a algún empleado para darle las gracias por su excelente trabajo, lo acompaña amablemente a la puerta y lo despide con una patada en el culo. Anda el rumor de que van a cerrar la fábrica. Se comenta a la hora del almuerzo, en el comedor y en los baños. También a la salida, en la estación del camión. Incluso se nota en las miradas temerosas que nos echamos unos a otros mientras comemos, en nuestro andar cauteloso por los pasillos, como si anduviéramos en un campo minado, y en la rigidez de nuestras posturas en los escritorios. Parecemos figuras de LEGO en peligro de ser derribadas por el mero zumbido de una mosca. Por lo pronto tengo trabajo y ojalá que me dure hasta la Navidad, para poder comprarles tan siquiera un regalo a mis hijos. Don Evaristo tiene razón, este trabajo no me va a alivianar, al contrario, me tiene estresado, al igual que mi mujer.

—Ya estoy buscando un trabajo, Monchis.

¿Trabajar ella? Ocurrente. ¿En qué, si no terminó la academia de comercio? A menos de que trabaje en la maquila, pero allí, ni madres. No la dejo. Es un puteadero de pocas. Lo veo a diario y se lo he dicho, pero me dice exagerado, machista, alegando que ella no es de "esas". Yo prefiero no arriesgarme.

Julieta era y es todavía bien chula. La conocí en una fiesta a un año de graduarme de contador. Antes de que algún gandaya se me adelantara, la saqué a bailar. Nos besamos en el jardín y esa misma noche nos hicimos novios. En tres meses le pedí que nos casáramos. Me dio el sí sin pensarlo. En aquel entonces la traía loca por mis huesos. Todavía ninguno de los dos habíamos terminado los estudios. La bruja de mi suegra nos ofreció vivir con ella por un tiempo, pero no. No quería metiches en mi relación. En balde, porque ahora esa bruja está metida hasta en la sopa que se sirve en mi casa. Encontré trabajo en un despacho de contadores, gracias a contactos que tenía en la universidad, prometiéndome a mí mismo que iba a terminar la carrera de administración. No la terminé.

El dinero nos alcanzaba para pagar el alquiler, comprar comida y hasta para ir al cine los domingos. Vivíamos en un departamento cerca de una zona comercial y teníamos una camioneta. En las mañanas, Julieta me daba un beso en la puerta, como esos que se dan en las películas y que de un tiempo acá ya no me da porque se queda dormida. Por las tardes salíamos al parque, a visitar amigos; y todas, todas las noches, sin falta, hacíamos el amor como conejos. Después de la cena, seguía la sobremesa y platicábamos: que si Panchita y Panchito se casaron ya, que si la vecina ya se embarazó de vuelta, que si siempre le cambiaban el nombre a la calle Plutarco Elías Calles por calle Papa San Pablo II, y que si la casa que un día compraríamos tendría un jardín enfrente para llenarlo de flores y árboles frutales.

—Que sea de dos recámaras, mínimo —decía ella, a quien le interesaba más la casa por dentro que por fuera—. Una cocina amplia con gabinetes para guardar las vajillas que nos regalaron en nuestra boda y que todavía tengo guardadas en cajas. Un baño grande, Monchis, donde quepa una tina para bañarnos juntos.

Yo quería una recámara amplia donde cupiera una cama grande para seguir haciéndole el amor todas las noches y las mañanas, si nos alcanzaba el tiempo. Julieta apartaba lo que podía de mi sueldo y lo ahorraba en una cuenta bancaria. El dinero se nos hizo agua cuando me corrieron del despacho. Tuvimos que pagar los meses atrasados del alquiler y cambiarnos a otro barrio. Allí todo empezó a valer madre porque a Julieta no le gustó la colonia. Se la pasaba enojada todo el día.

—A ver si consigues pronto otro trabajo y le das trámite al crédito para que me saques de esta pocilga.

Más se encabronó cuando le dije que, al despedirme, el banco canceló automáticamente el crédito que pedí para comprar la casa. En lo que yo buscaba otro jale, Julieta salió embarazada y adiós a las pláticas y a hacerle el amor en las noches, mucho menos en las mañanas. Conseguí un trabajo en el segundo turno en una maquiladora de arneses para autos. Entraba a las siete de la tarde y salía hasta el otro día, a las siete de la mañana. Acepté el turno sólo para que Julieta diera a luz a Fabián en el Seguro Social. Luego lo dejé, y gracias a que sé inglés, lo único bueno que mi padre hizo por mí, conseguí un puesto de procesador de datos. Al año, Julieta volvió a salir embarazada; y cuando nació Damián, le debíamos hasta a la señora de la tienda. Fue por eso que nos vinimos a este barrio, más pinche que el otro, como dice Julieta, pero en el que, diga lo que diga, yo vivo a gusto. Aunque hay uno que otro vecino que vale madre, la mayoría es buena gente, sobre todo mi querido amigo don Evaristo. Cuando platico con él me olvido de las quejumbres y exigencias de mi mujer, que sigue con el brete de irse a vivir a California. Está loca. Nos quedamos aquí. Más vale bueno por conocido que malo por conocer. Don Evaristo sí me entiende. Él y yo sí hablamos asuntos importantes, cosas de hombres; y como pintan las cosas en la fábrica, ya me va interesando que me cuente cómo puso su negocio. En una de esas, me animo.

3

Alcanzamos el tren.

Me siento con Julio y Gabriel. Gabriel llora porque perdió su zapato. Lo abrazo. Antonio me entrega a Ana. Él va de pie. Del pantalón saca un pan de hojaldre. 'Pa' la suerte'. De mi bolso saco la frazada amarilla y cubro a mi hermana huérfana, la arrullo.

Yo, madre de trece años, lloro

en la ventanilla del vagón un nuevo sol

rompe el día y mi biografía

Antonio dice que sólo hay un sol. Hay dos. El sol del sur lleva por nombre Enedina de Anza, mi madre.

Fernando Montaño se llama mi padre, el sol del norte, donde se esconden los cobardes.

El tren se estaciona en Zacatecas. Antonio consigue agua y comida por la ventanilla. Luego, Durango, Chihuahua. Falta poco. Ana aún duerme en el piso, junto a mis hermanos. Su nariz, cubierta con gotitas de sudor. Julio y Gabriel despiertan, se quitan las camisas. Hace mucho calor. Yo me deshago del suéter. Me lo pongo; Antonio dice que mi escote provoca al hombre de enfrente.

Postes, montañas, cables, tierra, matorrales y arena a mil revoluciones. Falta poco.

Llegamos de tarde. Bullicio en la estación. Caminamos por las calles, cargando nuestras cajas bajo un sol descarado y cruel.

«No hablen con nadie».

Antonio nos llevará a tomar un autobús para ir a la casa del tío Pedro. Allí se encuentra nuestro padre:

Esperaba verte para entregarte a tus hijos.

No son míos, son tuyos, y yo, también.

Cuando seas grande

Ayer fue Domingo de Pascua. Julieta se levantó más temprano que de costumbre. Se bañó, volvió a ponerse el vestido floreado que le regaló mi suegra el día de su cumpleaños, con el que tanto me gusta, y alistó a los niños para salir.

—Ándale, Monchis, levántate. Ven con nosotros al parque.

Volví a taparme con la sábana. Le dije que no, que tenía cosas qué hacer.

—No te hagas, nunca haces nada. Ándale, vamos. Sabrina y Ricardo también van.

No hubo modo de que me convenciera. Salió encabronada de la casa. Su hermana Sabrina y el mandilón de su marido me caen gordos. Se creen mucho porque tienen una casa, donde ahora hospedan de invitada permanente a la momia de mi suegra. Pinche vieja. Siempre que puede me tira indirectas, que si ya mero me ascienden, que si por saber inglés debería ganar más, que si los niños necesitan más ropa. En fin, procuro no encontrarme con ella porque ¿qué le puedo decir? Me tiene agarrado de los huevos ya que, entre otras cosas, paga casi todo lo que mis hijos necesitan en la escuela; cuadernos, uniformes y colegiatura. Don Evaristo me dice: «No sea pendejo, no se deje», pero ay, el viejo dice tantas cosas, que ya no sé. Me desanima a ir a California y me anima a que ponga un negocio, pero con qué diablos. Y cuando me pregunta si no tengo pantalones para mandar en mi casa, me hace enojar. Así me fui el otro día de su casa, encendido como cerillo de palo, cuando Julieta me gritó desde la puerta:

—¡Monchis, ya métete!

—Ándele —me dijo el viejo—. No le vayan a pegar.

No le contesté. Me levanté y me fui. Pero en cuanto entré a la casa apacigüé a mi mujer.

—No te permito que me grites, mucho menos en la calle. Aquí el único que grita soy yo.

—¡Déjate de pendejadas, pinche borracho! —Y me tiró a la cabeza el cucharón con el que meneaba los fríjoles.

Y pues, no voy a ponerme a los trancazos con mi esposa, aunque ganas no me faltan. No se lo he contado a don Evaristo, pero mi padre también llegó a golpear a mi madre. Apenas me acuerdo. Era yo un escuincle cuando él se largó de la casa. Por suerte, porque así fui hijo único, aunque de madre soltera. Una madre que no volvió a casarse por temor a darme un padrastro. Era secretaria en una fábrica de ventanas. Trabajaba muy duro para mantenerme y consiguió un crédito de INFONAVIT para comprar la casa donde sigue viviendo. Nunca quiso aceptar el dinero que mi padre le ofrecía. Decía que, como no la quiso a ella, tampoco a mí. Que se lo diera a sus otros hijos, los que tenía con su esposa. Así ha sido mi jefa, muy digna, pero también muy amargada. Lo que sí le aceptó fue que me pagara una preparatoria privada donde aprendí inglés, cuando me corrieron de la pública por haberme dado de golpes con un pendejo que no me bajaba de maricón. Mi madre se tragó el orgullo y lo buscó para que me metiera en cintura. Ya para qué, casi era un hombre.

El tiempo en que convivimos, yo era un niño. Él se dedicaba a la construcción. Conseguía contratos en los fraccionamientos nuevos en la ciudad. Algunas veces me llevaba y mientras él supervisaba a los trabajadores, yo me paseaba por esas casas enormes, con escaleras en círculo, techos altos y baños cubiertos de mármol. No conversábamos mucho. En cuanto terminaba su recorrido por las casas nuevas me dejaba de vuelta con mi madre, sin haberme comprado siquiera una paleta en la tiendita de la esquina.

Tal vez por esos paseos con mi padre, donde me llenaba los ojos con esas casas elegantes y novedosas, me dio por hacer casitas. Las construía con la madera que mi madre compraba a un vecino para prender el calentador de leña. La amontonábamos en un rincón del patio trasero, que era todo de tierra. En las tardes, después de salir de la escuela y haber comido, salía al patio a jugar solo, pues no era, ni soy, de muchos amigos. Escogía los trozos de madera que tuvieran menos astillas y con el pegamento que usaba en la escuela para los proyectos de arte, formaba casas de uno o dos pisos, con varias ventanas y dos puertas; una al frente y la otra, atrás. Llegué a tener varias casas de diferentes estilos. Bajo la sombra del árbol las acomodaba de modo que formaran un vecindario. En el verano, cuando floreaban los geranios y margaritas que mi madre plantaba en las latas grandes de chiles Hérdez, cortaba flores y algunas ramas del árbol para hacerles jardines. Luego sacaba los pocos cochecitos que tenía y ponía uno al frente de cada casa. Pero un día me di cuenta de que me faltaba un detalle que yo pensaba era el más importante en los hogares imaginarios: mujeres. No tenía muñecas, soy hombre, y aunque algunas vecinitas sí tenían una que otra Barbie, nunca me hubiera atrevido a pedirles una. No me quedaba de otra que sacar mis lápices de colores para dibujar en la madera, junto a la puerta de cada casa, una mujer rubia, otra morena, o colorada. Altas, bajas, delgadas o gorditas, todas alimentaban mi ilusión; que en toda casa con jardín vive una mujer sensible, enamorada, pero después de que mis padres se separaron, y luego de saber que don Evaristo vive solo, ya no estoy tan seguro.

Cambia, todo cambia

Eso le pasa por pendejo. No debió dejar que su suegra le ayudara a mantener a sus mocosos, no es de hombres. Tampoco es de hombres dejar que la esposa trabaje, porque luego, con el cuento de que echan hombro con los gastos, no hay quién las aguante. Empiezan a sentirse muy chingonas; gritan, ordenan, entran y salen de la casa como si se mandaran solas y nada de eso es bueno, porque le pierden el respeto al esposo. A usted ya se lo perdieron. Ya se chingó. A menos que ponga un hasta aquí, pero se me hace muy cabrón que usted tenga los huevos para meter en cintura a su vieja.

No se apure, usted no es el único. Ha de ser un mal de estos tiempos. Quién sabe qué pasa ahora, ya no hay hombres de verdad. Yo digo que son ellos los principales culpables porque, en primera, ¿cómo chingados se van a casar si no tienen con qué mantener a la familia, ni dónde meterla? Todo se les hace muy fácil. Reciben ayuda de los suegros y dejan que la mujer trabaje. ¿Y quién cuida a los hijos? Nadie, se crían al "ahí se va", como los suyos. Como los hombres son unos huevones, ahora los niños se la pasan sentados toda la tarde frente a la televisión jugando ese pinche juego del "Noentiendo", en vez de andar con el papá arreglando la casa, jugando al fútbol; aprendiendo, pues, a ser hombres.

¿Y las niñas? Qué le digo, están mucho peor que los niños. Desde muy chiquillas aprenden que antes de peinarse y lavarse los dientes, hay que prender la televisión, poner música ruidosa y hablar por teléfono con las amigas, todo al mismo tiempo. Hacen chantajes a los padres, los aprenden de las telenovelas, para que les compren un montón de trapos que no necesitan, para salir todas las tardes, sin falta, a andar por las calles como si anduvieran en desfile. Pero aparte de la televisión, ¿quién cree que les enseña todo esto? Las madres. En vez de entrenarlas en las labores de la casa, para que estén preparadas a la hora de casarse y no se las devuelvan los maridos, las malcrían en la vanidad y el egoísmo. Porque no me venga con el cuento de que en estos tiempos las mujeres están más preparadas que antes, son puras mentiras. Siguen igualitas de burras o peores, porque creen que con leer un pinche libro lo saben todo. Luego andan hable y hable de esto y de aquello, opinando que si acá o allá, pero cuando uno les pregunta si saben lo que quieren, se hacen las locas. ¿Por qué? porque no lo saben, chingado. Y cómo lo van a saber si no comen, si se la pasan a dieta y en el *gym*, si el desorden que tienen en sus casas lo traen en sus cabezas.

Sírvame otro trago, ya me hizo enojar. Ha de ver que, muy a mi pesar, así viven mis dos hijos, con todo que les di buen ejemplo; y de pilón, usted. ¿Sabe qué? Mejor ya váyase a su casa. Ya son las diez. No lo vaya a regañar su mujer, que no tarda en llegar del *gym*. Yo voy a tratar de dormir.

Jacarandá

Yolanda, sí, por fin me he animado a hablarte. La aguja de la araña pica mis recuerdos, pero también la duda. Esta noche, después de bañarme, seguí leyendo tu escrito por si encontraba algo más sobre ese hombre que mencionas en la primera página, Alejo. El tiempo que vivimos juntos nunca te pregunté nada sobre tu pasado. Al principio me contaste lo indispensable sobre tu familia, pero nada, nada, sobre tu vida amorosa. Yo tampoco te cuestioné porque eras muy jovencita. No creí que a los diecisiete tuvieras ya un pasado del cual avergonzarte. Creí que debiste haber tenido sueños, eso sí, y quiero pensar que para ti ese hombre que mencionas fue eso, un sueño, una mera ilusión. Nunca te lo dije, pero para mí siempre fuiste una muchacha golpeada por la orfandad, aquella que salía por tus ojos el primer día que te vi.

Servías las mesas en El Dorado, el restaurante de José Carrión, el tipo con más dinero, bien parecido, y con la suerte de todo el barrio. Yo acababa de salir de mi trabajo en la tienda del Chino. Era martes, como a eso de las siete. Para hacer tiempo, y no llegar a la casa de mi hermana y escuchar sus continuas peleas con su pareja, me dio por dar una vuelta por la plaza en la que no, no se escuchaban sonatas ni violines como en tu pueblo, sino mero bullicio urbano. Paré a hojear unas revistas de deportes en un puesto de periódicos y luego, al pasar por el restaurante y verte, sentí que el piso se me movía, que la calle se alumbraba como de día y, mira tú, que hasta poeta me volvía, sin figurarme entonces que luego despreciaría los poemas de tu padre, por considerarlos debilidades, peligrosas trampas sentimentales que terminan rindiendo a los hombres que nos creemos hechos de acero.

Pero allí estabas tú. Con todo y el delantal parecías esa muchacha que mencionas frente al espejo de la costurera. Tu mata de cabello largo y negro como la noche, tus ojos grandes y redondos como la Tierra, y la nariz pequeña, afilada, como labrada por los mejores ebanistas. Me hiciste pensar en el árbol de jacarandá que un día, mientras esperaba mi turno con el peluquero, vi en una revista de jardinería. Al verte me quedé pasmado. Ibas y venías con platos y vasos en las dos manos. Los clientes te seguían con la mirada, al igual que yo, pero tú no te fijabas en ellos, mucho menos en mí, que me escondía tras la ventana como rata callejera. Tu figura frágil parecía a merced de una larvada de lobos dispuestos a atraparte, incluyéndome a mí.

Pensé en esperar a que salieras para decirte, antes que nada, que eras bella y que podías confiar en mí para acompañarte a tu casa, pero al verme los zapatos agujerados, olerme la sangre y grasa de res en la camisa, muy lejos del olor a frutas de estación, y acordarme de que en vez de cinto aseguraba el pantalón con un mecate, me arrepentí y me fui temblando de frío, hambre y vergüenza rumbo al carro abandonado que en aquel tiempo me servía de techo y cama, sintiéndome más miserable de lo que ya era.

Eternamente bellas, bellas

Cuando le comenté a Monchis que encontré anunciado en el periódico un trabajo como recepcionista en un consultorio médico y que fui a llenar la solicitud, al instante me echó la sal: que no me lo darán porque prefieren a muchachas jóvenes. Idiota. No soy una vieja, el que ya huele a anciano es él, por juntarse tanto con don Eva. Ya le cerraré la boca y le dejaré el ojo cuadrado cuando consiga un buen trabajo. En una de esas me resulta el de recepcionista, o el que ayer por la mañana me comentó Claudia, una vieja amiga, a quien por suerte me encontré cuando regresaba de dejar a los niños en la escuela.

—¡Julieta! —escuché que alguien me gritaba a lo lejos. Me detuve y la vi venir corriendo para alcanzarme.

La reconocí enseguida, su rostro de princesa azteca no ha cambiado mucho desde que dejé de verla en la academia de comercio a la que asistimos juntas. Me dio tanto gusto verla, que el mal humor que me cargaba se me esfumó.

—¿Qué andas haciendo por acá? —me preguntó al tiempo que me abrazaba y me daba un beso tronado en la mejilla.

—Pues ya ves, Ramón y yo andamos en una mala racha. Tuvimos que venir a rentar una casa en este barrio pinchurriento, pero no por mucho tiempo. Sólo en lo que nos recuperamos. Tenemos planes de ir a vivir a California y…

—¡Qué gusto! Somos vecinas. Gerardo y yo también tuvimos que dejar nuestra casa. Venimos a rentar una aquí, en este barrio pinchurriento, como dices.

Después de movernos a un árbol que nos diera un poco de sombra, ambas nos miramos de arriba abajo. La vi muy bien conservada. Pese a sus dos embarazos noté un vientre plano. Andaba bien vestida, con zapatos altos, *jeans* ajustados y una blusa verde limón, entallada y con un pronunciado escote, que resaltaba su cintura y marcaba su busto firme. Su cabello, también a la moda, de un solo largo y un color café chocolate, iluminado con unos mechones rubios. ¡Qué vergüenza! No hubo manera de esconder mi aspecto de ama de casa fodonga, con *pants*, camiseta agujereada, mis Nike con agujetas roídas y el cabello medio recogido en una cola de caballo, que más bien parecía de burro.

—Te diré, amiga. El barrio no está tan pinche —comentó sacando los lentes de sol del bolso y poniéndoselos como en cámara lenta—. Hay lava-solas, tortillería, panadería, ferretería, farmacia, costurera y dos iglesias: una protestante y otra católica.

—No voy ni a la una ni a la otra.

—Yo tampoco, sólo te estoy mencionando todo lo que hay para que te vayas familiarizando. También hay un *gym,* por si te interesa.

—Sí, ya sé. De hecho, estoy yendo en las tardes.

—Ah, ¿sí? Pues yo voy en las mañanas. ¿Entrenas con Mario?

—No. No me gusta levantar pesas.

—Deberías. Mario está guapote y está muy bueno para entrenar. ¿No?

—No. A mí me parece un avispón.

—Por eso. Ha de tener el aguijón bien grande.

—Ya conozco a varias vecinas: la Güera, doña Cata y Beatriz —dije para cambiar la conversación. No me interesaba estar hablando de un hombre en plena calle.

—Pues, haz de cuenta que conociste todo el barrio. La Güera y doña Cata son bien chismosas. También trabajadoras, sí, pero como toda buena mujer mexicana, bien sufridoras.

—Ahora que lo dices, cuando estaba en la tienda, el marido de la Güera le aventó una papa en la cabeza.

—¡Cabrón! Ve tú a saber qué no le avienta cuando están solos; huevos, tenedores, zapatos, saleros —comentaba Claudia en tanto caminábamos rumbo a mi casa—. Trata a la pobre mujer con la punta del pie.

—¿Y Beatriz?

—Ella evita los chismes. Es más educada, pero también sufridora.

—¿Y Yolanda?

—¿Yolanda?

—La mujer de don Eva.

—Ah, ya te contaron. Quién sabe, amiga. Yo no hago mucho caso a los chismes de barrio. Vamos, quiero mostrarte mi casa.

—Ay, Claudia. Ya es muy tarde. Tengo que lavar los trastes y preparar la comida antes de que salgan los niños de la escuela, pues necesito ir a casa de mi mamá para hablar por teléfono.

—Ay, amiguita, deja tu tono sufrido de mujer de los cincuentas y acompáñame. En mi casa hacemos unos sándwiches, comemos, les preparas unos a tus hijos y hablas por teléfono a...

—Estoy buscando trabajo.

—Ah, pues ándale. Estás de suerte. Mi hermana Azucena está buscando a alguien para ir a limpiar una casa allá, en el otro lado. En el camino te cuento. ¿Sale?

—Sale.

4

La casa del tío Pedro no tiene color. Es de adobe. Tiene nopaleras a los lados del barandal de madera, en la entrada, y algunos árboles que nunca vi antes a los lados. No hay flores ni zaguán.

Antonio toca la puerta. El tío Pedro abre. Sorprendido, pregunta quiénes somos.

Los hijos de Fernando Montaño entramos.

Mi padre no está, tiene tiempo que no viene.

Los primos nos miran, mientras la tía y el tío discuten en la cocina. Llaman a Antonio. Salgo al patio con mis hermanos. Esperamos junto a un árbol.

En el horizonte, el sol del norte enrojecido.

El cielo azul arrastra velos de nubes con matices escarlata y nace una humedad entre mis piernas. Sangre.

Antonio me lleva del brazo con la tía. Es normal, dice ella. Me da varios trapos blancos para cinco días.

Antonio, Julio, Gabriel, Ana y yo. Entramos todos juntos al cuarto de herramientas. Los primos dejan un colchón. La tía trae sábanas, leche, galletas y se va. No puedo dormir. Me duele la cabeza, las piernas, el vientre. El camino a la letrina es muy oscuro.

¿Daré a luz? ¿Moriré en un charco de sangre?

No quiero enterrar el ombligo de mi hijo en este retrato en sepia.

Humilde la alegría

Yolanda, te recuerdo que yo también soy sensible y la araña sigue envenenándome con la duda. Trato de no hacerle caso cuando escribe en mi cabeza, con mayúsculas, el nombre de ALEJO. Para distraerme y no dejar que esas letras me puncen los oídos, escucho música. Te confieso, secretamente, que es música clásica. No la escucho muy seguido. La sintonizo en la radio sólo a veces. Es un bálsamo cuando no soporto más el peso de mi alma. ¿Y sabes? Mi gusto por esa música nació después de verte en el restaurante.

Fue en la tienda del Chino cuando la escuché por primera vez. Él la sintonizó por equivocación, pero en ese momento sentí que era algo más que un muerto de hambre, era una piel encrespada y un corazón latiendo al ritmo de las lentejas que una mujer depositaba en uno de los conos de papel periódico. Tomé uno, y sin hacer caso de los gritos de mi patrón, salí de la tienda y alcancé a la florista que todas las tardes, a las cuatro en punto, pasaba por la tienda ofreciendo flores para los enamorados. A la florista que nunca presté atención, hasta ese día de piano y violines y piel y corazón. Le pregunté por jacarandás, las cuales no conocía, pero me vendió un ramo de margaritas. Con ellas regresé a la tienda para contar los minutos en los pedidos de carne, de papas y de arroz, hasta que dieron las siete y salí rumbo al restaurante para esperar a que salieras, Yolanda, sin importarme que trajera los zapatos agujerados y el pantalón asido a mi raquítica cintura con un alambre de cobre que aparté antes de vender el resto a don Efraín, y que aquella tarde no me sirvió de nada, porque cuando te vi salir del restaurante del brazo de José Carrión, sentí que los pantalones se me caían al piso, junto con las margaritas que quedaron pisoteadas sobre la acera, como estoy yo ahora que no sé a bien a dónde me llevará tu escrito.

La esperanza prometida

No, Món. Ya le he dicho que eso de trabajar para otros es en vano. Mejor ser su propio patrón, administrar las ganancias y, lo mejor, que nadie lo mande a uno. Cuando llegué a esta ciudad mi plan era tener una tienda, una casa propia, una mujer e hijos. Y ya ve, lo logré, aunque estuvo de la chingada, le diré. Después de pepenar en el basurero, de juntar cobre para vender, mi buen amigo Higinio me consiguió trabajo en una tienda que estaba en el mercado. Era de un chino, un pinche avaro que tenía el carácter más amargo que un café negro.

Le aguanté de todo por pura méndiga necesidad. No sabe lo que me hacía el cabrón. En aquel entonces tenía veintiséis años, pero parecía de quince por lo escuálido y por los rasgos delicados, como los de mi madre. Entraba a la tienda a las seis de la mañana. Acarreaba los costales de papa, fríjol, arroz y azúcar de la bodega a la tienda, sin haber siquiera tragado. Me encargaba de acomodar la mercancía en los estantes y de atender a la clientela, que en su mayoría eran mujeres, amas de casa que sacaban el monedero y se llevaban ya fuera un kilo de jamón, de queso o de carne, mismo que yo les despachaba mientras me rugían las tripas y la lengua se me derretía en la boca.

No era sino hasta las doce cuando me llevaba el primer bocado y no sabe con qué ansia lo esperaba, porque el pinche Chino, lo que sea de cada quien, se aventaba para cocinar. Ponía todos los ingredientes necesarios para el platillo: brócoli, pollo, puerco y los fideos de arroz fresquitos. Aquella comida era un verdadero manjar chino, no como los que venden ahora en los restaurantes cucarachentos y apestosos de comida, que de china tiene lo que yo tengo de sacerdote.

Esa era la mejor hora del día. Después de comer me salía al patio de la tienda, me fumaba un cigarro tumbado en los costales y veía que a esa hora el cielo era más azul. A veces me ganaba la modorra, pero apenas empezaba a dejarme llevar por el sueño, el pinche Chino me despertaba de una patada en los zapatos agujerados. Entonces me iba al baño, me echaba agua en la cara y seguía trabajando hasta las siete. No se crea, para esa hora ya tenía hambre otra vez. Así que antes de salir espiaba al Chino y en el primer descuido, chíngele, cortaba un pedazo de queso o de jamón y me lo comía, mientras limpiaba el serrucho y lavaba las charolas. Y de cómo salí de ese pinche agujero ya le contaré porque ya son las diez, voy a tratar de dormir. Lo veo mañana y vaya pensando en lo de ser su propio patrón.

Las rondas no son buenas

Esta mañana, cuando salí para ir al trabajo, vi a don Evaristo barriendo la calle. No sé cómo le hizo para levantarse temprano después de la borrachera que nos pegamos ayer. Llegué a su casa en cuanto me bajé del camión. No quise ir a verle la cara a Julieta. Sigue enojada porque me olvidé de su cumpleaños y por otros detalles que no recuerdo. ¿Por qué son las mujeres así? En vez de reconocer el esfuerzo que uno hace por ir a trabajar y traer la comida a la mesa, se enfrascan en frivolidades. Ya le pedí perdón, ya le arreglé la llave de la regadera, ya le hice el amor a modo romántico, salvaje, sin luz, con luz, pero nada, sigue queriendo castigarme y yo, ya me cansé. Que se contente cuando le dé la gana.

El viejo me esperaba sentado en la banca. Lo noté tristón. No hablaba, ni yo tampoco. Los dos teníamos la mirada perdida en el ciruelo, con los pensamientos brincando de hoja en hoja.

—¿Se escribe con Yolanda? —me animé a preguntarle por primera vez sobre su mujer.

—¿Y a usted qué le importa?

—Me importa. Somos amigos, ¿no?

—Sí, pero ¿qué? ¿Ahora vamos a tomar el té y platicar como viejas? No sea maricón.

—No sea anticuado. No hay nada de malo en sincerarse con un camarada.

—Soy sincero con usted.

—Entonces dígame si recibe cartas de su mujer que está… ¿en dónde?

—En un pueblo de Jalisco, en el sur.

—Jalisco no está en el sur sino en el sureste de México.

—Yo no hago caso a los linderos de los mapas. Para mí, de Zacatecas para allá, todo es el sur.

—Bueno. ¿Y qué? ¿Recibe cartas de ella sí o no?

—Claro que sí.

—¿Y qué dice?

—¿Qué va a decir?

—¿Cuándo regresa?

—No sé.

—¿Cuándo me lee una?

—Un día de estos. A ver si así deja de chingar.

Don Evaristo encendió un cigarro, se levantó y empezó a caminar alrededor del ciruelo. Esa vez me ofrecí comprar unas nuevas cervezas americanas con sabor a limón.

—¿Está loco? Sólo a los chicanos se les ocurre. Mejor lo invito a echarnos unos tragos en algún lugar del centro.

—Buena idea. Conozco un bar de poca madre.

—¡Cállese! —me gritó levantando el brazo—. No ha de traer ni un pinche cinco. Yo invito, pero no a un bar, eso es para maricas, sino a una cantina de poca madre a la que iba yo de joven.

—¿Todavía existe?

No me contestó. Entró a su casa por dinero y cerró la puerta con llave. Luego puso el candado al barandal y nos fuimos caminando hasta la esquina.

—¿No le va a avisar a su mujer?

—Más vale pedir perdón que pedir permiso —dije en tono muy chingón.

—¡Ja! No le estoy hablando de "pedir permiso", sino de "avisar". A las mujeres no hay que pedirles permiso, pero sí hay que tener el noble gesto de avisarles.

No le contesté. No le dije que si le "avisaba" a Julieta se iba a armar tal bronca, que entonces no podría salir. En esas llegó el camión y nos olvidamos del asunto.

Llegamos a una cantina a la que no pude leer el nombre porque ya no se veía de tan desgastada que estaba la pintura en el cartel. No sé qué le vería el viejo de especial a ese lugar. Daba lástima; oscuro como boca de lobo, lleno de viejos, humo y olor a desinfectante mezclado con meados seniles. Don Evaristo me hizo señas y me guio hacia la barra. En lo que me decía que pidiera lo que quisiera, de un rincón se escuchó a alguien llamándolo con un sobrenombre que nunca antes escuché para don Eva: «¡Venado!». El viejo saludó, se fue a la mesa de la esquina y allí se sentó con unos ancianos que jugaban al dominó y fumaban como chacuacos. Yo me quedé en la barra con una fulana. Tenía el cabello largo, de color rubio oxigenado, los ojos muy juntos, la nariz de Pinocho, labios delgados, pero con buenas piernas y muy buen trasero. Se sentó a mi lado y me dijo que era su día de suerte, pues en esa cantina eran contados los hombres jóvenes, pero, sobre todo, apuestos y caballeros. Me pareció muy simpática y me gustó su sonrisa. Le compré una cerveza y en un santiamén me puso al tanto de los chismes del espectáculo, de la música y de su vida. Era de Nayarit y hacía poco tiempo que había llegado a la frontera. Estaba esperando juntar suficiente dinero para cruzar al otro lado y reunirse con su familia. Después del tercer tequila la empecé a ver atractiva, tanto así que me animé a aceptar su invitación a bailar un danzón. Le advertí que yo no sabía, que en las fiestas de fin de año en la escuela primaria mis maestros preferían que hiciera de maestro de ceremonias, antes de que echara a perder el jarabe tapatío que zapateaban los alumnos. Ella no me hizo caso, me llevó de la mano al centro de la pista y me fue guiando al ritmo de la música. Me gustó, me entusiasmó dar vueltas y vueltas, un paso para allá y otro para acá. Ya estaba yo muy animado a seguirle la corriente, pero en eso escuché la voz carrasposa de don Evaristo el aguafiestas.

—¡Món, venga para acá!

Le dije a la fulana, de la que no recuerdo el nombre, que volvía en un ratito y me fui para la mesa donde el viejo jugaba dominó con sus amigos, Higinio y Mario, un par de vejetes igual que él, y otro anciano que no me presentaron.

—Ya nos chingaste otra vez, pinche Venado —dijo Higinio, al que le pregunté por qué le decían Venado a don Evaristo. No me contestó. Cuando hizo a un lado las fichas de dominó se aproximó a don Eva.

—¿Y éste quién es?

—Mi amigo Món —les dijo don Evaristo a sus dos amigos en voz alta.

—Hágase para acá, siéntese, no sea chiveado —me dijo Higinio.

—No puedo. Me están esperando.

—¿Quién? —preguntó don Evaristo, volteando a ver a la fulana que, sentada en la barra muy coqueta, nos saludó a todos con la mano.

—Déjalo, Venado —le advirtió Higinio—. Que aproveche ahora que todo le funciona.

—Ni madres —contestó el viejo—. Món vino conmigo y conmigo se regresa. No me va a dejar embarcado por una piruja.

Se levantó de la silla como decidido a ir con la mujer. Lo detuve. No me quedó más remedio que hacerle señas a la fulana para indicarle que otro día sería. ¡Qué vergüenza! Me vi como un niño cagón que anda de putas con su abuelo.

—Venga pa'cá, Món —me convidó Higinio—. No se me agüite. Yo soy Higinio. —Y me apretó la mano—. Le voy a contar por qué le decimos Venado a este güey. Verá, un día, cuando éramos jóvenes, hace ya un chingo de años, hubo una redada en el barrio. Teníamos una fiesta en la casa de Mario, este güey que está frente a mí. —Y el tipo me tendió la mano—. Allí había de todo: tequila, cerveza, música y viejas, muchas viejas, y pues los pinches vecinos la hicieron de pedo. Llamaron a la policía. Cuando oímos las sirenas, salimos disparados como almas que lleva el diablo, pero nos agarraron a todos, menos a Evaristo. Desde la patrulla lo alcancé a ver corriendo rumbo al centro. Al otro día él fue a sacarnos de la cárcel a Mario y a mí, con el dinero que les pidió a nuestras jefas. Al verlo en la sala de espera, le dije: «¿Qué pasó, Venado?». Y desde entonces así le decimos, porque ha de saber que aparte de correr muy rápido, este viejo también es muy mañoso; las jugadas que hace en las cartas o en el dominó, las aplica a su vida y hasta ahora no ha habido quién lo agarre en la movida.

En cuanto Higinio terminó de hablar, pasó por nuestra mesa la fulana con cara de ofendida y con un viejo calvo y gordo del brazo, y me gritó: «¡Maricón!». Miré a don Evaristo con mucho coraje y él también a mí. Para entonces los dos habíamos tomado demasiado, así que le dije que nos íbamos.

—La última y nos vamos.

No me acuerdo a qué hora, ni cómo regresamos. Sólo sé que el encargado de la cantina pidió un taxi. En el camino, don Eva se puso a hablar como merolico: que una araña en su cabeza, un espejo, un papalote, una tina y un escrito. Viejo loco.

Lo que sí recuerdo es que estuve tocando la puerta de mi casa por un buen tiempo, pero Julieta no me abrió. Toqué la ventana del cuarto de los niños. Fabián se levantó y me dejó entrar. Amanecí durmiendo en el sofá.

Vuela vuela

Esta vez va a ser muy difícil que perdone a Monchis. Llegó borracho, casi de mañana; y en la tarde, cuando le conté que no me eligieron para ocupar la vacante en el consultorio, se burló de mí.

—Te lo dije. ¿A que se lo dieron a una más joven?

Imbécil. Sabe que me cae muy mal que me digan "te lo dije". Pero sí, para el puesto de recepcionista eligieron a una mocosa de preparatoria que sí sabía manejar Excel. De no haber faltado tanto a las clases de Office y demás cuando estaba en la academia secretarial, otro gallo me cantaría. Me arrepentí de haberle contado a Monchis sobre ese empleo. No vuelvo a decirle nada sobre mi afán por conseguir un trabajo. Es un socarrón. Así que no le comentaré que ya hablé con Azucena, la hermana de Claudia, y me dio detalles sobre ocuparme limpiando una casa en el otro lado. No brinco de gusto, apenas medio limpio la mía, pero como allá pagan en dólares, me animé. Empiezo el lunes y a ver cómo me va.

Yo culpo a don Eva por meterle ideas machistas a mi marido. Mi madre dice que es "sano" que los hombres se junten para platicar sus asuntos, que es ventajoso para nosotras porque nos dejan en paz por unas horas, y así podemos ver a gusto las telenovelas, noticieros, películas o series de televisión. Según ella, luego de sus reuniones los esposos llegan más sosegados y cariñosos, pero yo no estoy de acuerdo. Cuando

Monchis viene de sus tertulias con don Eva, no llega más relajado, al contrario, llega muy pensativo. La otra noche me contó que está pensando en poner un negocio para construir la casa que me prometió cuando nos casamos. Además, quiere llevarme de vacaciones al sur de México para que no me digan ni me cuenten, para que aprecie más el país en el que nos tocó vivir. ¡Tarugo! Ya conozco el sur. Por lo mismo, lo que no aprecio de la ciudad en la que "nos tocó vivir" es el crimen, la violencia, la brutalidad, el calor, el frío, el polvo y el desamparo. En esta frontera estamos a la "buena de Dios", y tan lejos de las sombras de los árboles, de la lluvia, de los libros, de los teatros. ¿Poner un negocio en esta ciudad? ¿En este barrio pinchurriento? Tonto. Sí, cómo no.

Monchis me abrazó. Me juró y perjuró, para no preocuparme o hacerme enojar, que no vuelve a irse de parranda. Idiota. Cree que todavía me chupo el dedo. ¡Estoy que me lleva el tren! Por eso acepté la invitación de mi amiga Claudia para ir esta noche a bailar a un antro. Esta mañana le conté todo sobre el pleito con mi marido y, para subirme el ánimo, ella me propuso un *Ladies Night Out* y me pagará el pase de entrada. Sí, me da miedo salir de noche, pero Dios es muy grande y me cuidará. Iré. Tengo todo el derecho a divertirme y que Monchis diga misa, que se aguante, para que vea lo que se siente estar esperando a la pareja en la casa, dando vueltas en la alcoba como león enjaulado.

5

En espera de mi padre pasan días, meses, años.

Mis hermanos, Antonio, Julio y Gabriel se hacen hombres ayudando al tío Pedro a levantar bardas en el otro lado. Ganan dólares, asegurando así el cuarto de herramientas donde dormimos. Ana ya está en la escuela. Aprende a leer y a hacer cuentas. Yo lavo y plancho la ropa de todos mis hermanos. Aprendo a cocinar carne con chile colorado, machaca con huevos y carne asada los domingos por la tarde. Están presentes los tíos, primos y vecinos. Entre ellos, el joven de la tienda de abarrotes, el de ojos grandes y mirada ansiosa, nada parecida a la de Alejo.

Esta noche duermo abrazada de mi hermana. El chirriar del portón de la entrada me espanta el sueño.

Escucho el crujir de unos pasos cansados entre la hojarasca.

Me levanto. Enciendo la veladora. Mis hermanos duermen. Abro la puerta. Frente a mí, mi padre, cargando dos cajas. Entra. Nos abrazamos. Lloramos. Llevo la veladora a la mesa.

Puedo apreciar su rostro de viejo prematuro, su cabello completamente blanco y sus ojos tristes, aumentados por el cristal de los anteojos que nunca antes le había visto.

Me acaricia el cabello y asegura que soy idéntica a mi madre. Reímos. Reímos cuando saca de la caja la

*ropa de tallas pequeñas que ha traído para nosotros,
sus hijos que han crecido.*

*Meses llenos de paz y algarabía. Gusto de pasar
las mañanas sentada junto a él, tomando el sol mientras me comenta las noticias del periódico El Universal
de México. Me habla de política, de la corrupción que
terminaría con la llegada de la izquierda a la presiden-
cia, del socialismo, de la igualdad, de la equidad, de la
injusticia y también del amor, para él vasto, infinito,
inagotable, mientras yo veo el árbol, deseando un columpio con mi nombre, Yolanda, pintado en el asiento.*

Vámonos al pueblo, papá.

*Saca de la bolsa de su camisa una pluma y cua-
dernillo. Escribe versos a los árboles, a su patria y a
mi madre. Le pido que escriba uno para mí:*

Yolanda

Eres hija de la mañana

Tu mirada ennegrecida

amanece con el sol el trigo de tu piel

y el medio día llega a ser

café cargado con tu cabello de niña.

*Me lo aprendo de memoria, junto con el que le es-
cribió a mi madre, el que guardo enmarcado y cuelga
en esta pared.*

Las mañanas bajo el sol se terminan.

*Mi padre consigue un trabajo en el Gobierno, gra-
cias a un primo de Guadalajara. Lo veo entusiasmado.*

Dejaremos el cuarto de herramientas. Rentaremos una casa y con el tiempo tendremos una propia.

Adiós a volver al sur.

Adiós Alejo.

Nos quedamos para siempre aquí, en esta frontera inhóspita.

Fumando espero a la que tanto quiero

Don Evaristo tiene razón, las mujeres son impredecibles. Gracias a Dios que me dio dos hombrecitos, porque con mi mujer tengo para volverme loco. Julieta estuvo enojada conmigo por varias semanas. Al enfado que tenía por haberme olvidado de su cumpleaños, y que todavía no me perdonaba, sumó el enojo por haberme ido de parranda con el viejo. No me dirige la palabra para nada, y eso que la invité al cine, y ayer le traje una caja de chocolates y un ramo de flores que corté del jardín de don Eva luego de nuestra tertulia nocturna. El viejo no me vio, por supuesto. Esperé en la calle hasta asegurarme de que mi amigo entrara y echara llave a la puerta para cortar algunas margaritas, geranios y teresitas de las macetas que se alcanzan con la mano entre el enrejado. Aparte de que no quería que él me viera cómo asaltaba sus queridas plantas, tampoco quería que me viera en trazas de adolescente enamorado.

Estos días Julieta sólo me habla para lo necesario, sin consultarme nada. No es que antes lo hiciera, pero al menos de vez en cuando ella me preguntaba si compraba un galón de leche en vez de uno. Estuvo cocinando lo que le venía en gana: ensaladas con pepino, tomate, apio, brócoli, zanahorias, sabiendo de antemano que no me interesa seguir su dieta de conejo. Me di por vencido. Llegué a pensar que le iba a estar viendo la cara de puchero el resto de mi vida, pero… ¡Sorpresa! Esta tarde salió al cine con su amiga Claudia y todo cambió en un dos por tres.

No pude decir ni pío cuando ayer, como a eso de las cinco de la tarde, mi mujer se bañó, se puso el vestido floreado que tan lindo le queda, se arregló el cabello con una melena rizada y salió de la casa sonando los tacones, sin decirme "allí te veo". La mentada Claudia no me cae bien. Es de cascos ligeros, como les dice mi madre a las mujeres que se vuelven mantequilla en cuanto un pantalón pasa por delante de sus ojos. Hace días, cuando venía del trabajo en el camión, ella estaba sentada en el asiento de enfrente. Sin querer escuché parte de la conversación que tenía con otra mujer: dijo que andaba bien cruda porque el día anterior había ido a una fiesta bien chida, que estaba muy confundida porque un tipo de lo más guapo y atento, muy diferente a su esposo, anda tras sus huesos y que, en fin, la pobre mujer no hallaba qué hacer.

Tuve que amarrarme un huevo para no jalar a Julieta de las greñas y encerrarla en la recámara bajo llave para que no se fuera al cine con Claudia. Del coraje que me cargaba, apagué el televisor a los niños y sin dar tiempo a recriminaciones, los jalé al patio. Entre Fabián, Damián y yo levantamos la basura que quedó acumulada desde que nos mudamos. Luego con mucha enjundia barrí la tierra que acarreó el aire las últimas semanas. Mis hijos me miraban azorados, como si estuvieran viendo a un extraño. Al verles los ojos llorosos, no sé si por el polvo, por mi cara de fiera, o porque ya querían regresar a su juego, los hice entrar, les di galletas con leche y los dejé jugar al Nintendo. Luego me fui a platicar con don Evaristo. Total, como él dice, a estas alturas no puedo hacer nada en contra de ese pinche aparato.

Cuando llegué, el viejo estaba hablándole a la buganvilia en voz baja y las palabras de Julieta vinieron a mi mente: tiene a Yolanda enterrada en el jardín. Fumaba y el humo le acentuaba la expresión de venado viejo y desconfiado, como descubierto con mi llegada repentina. Dejó de hablar e hizo como que tatareaba una canción. En silencio me senté en la silla que él tenía designada para mí y abrí la botella de Caguama. Di un trago y luego otro y otro, mientras contaba los pétalos de la buganvilia esparcidos en la terracota. Sí, la planta está en plenitud, haciendo crecer las ramas como en cascada y dando flores rosadas que hacen que el color amarillo vainilla de la casa sobresalga. El ciruelo también tiene flores, pero con las ventoleras de esta ciudad ya se han caído, tendremos pocas frutas. Don Evaristo encendió otro cigarro y me preguntó qué me pasaba, como si ya lo supiera. No le conté que Julieta había salido con su amiga porque luego no lo aguanto, de por sí que de mandilón no me baja. Más bien le pregunté qué le pasaba a él.

—¿A mí? Nada.

—No se haga. ¿De cuándo acá habla con las plantas?

—Ni que estuviera loco. Cantaba.

—A mí me pareció que hablaba.

—Si nada más vino a criticarme, váyase.

—¿Y qué si me enseña una carta de Yolanda?

—Ahora no, otro día. Las tengo guardadas muy en el fondo del ropero.

—¿Junto con el cuaderno?

—¿Cuál cuaderno?

—La noche de parranda habló de un cuaderno de Yolanda.

—Ah, ¿sí? ¿Y de qué más?

—De una araña y un papalote.

—Estaba borracho.

—Dicen que los borrachos siempre dicen la verdad.

—Porque lo dicen los mismos borrachos. Déjese de tonteras y cuénteme cómo van las cosas en su trabajo.

Le hablé sobre la situación de pánico que hay en la fábrica con los despidos, que han venido aumentando.

—Insisto. No hay nada como tener un negocio.

Ay, don Evaristo, cómo trata de animarme. Lo dejé hablar: un negocio de comida o una tienda de abarrotes me darían para vivir bastante decente, podría comprar un coche, llevar a la familia de vacaciones y construir una casa a mi gusto. Sí, me anima pensar en todo eso, pero le hice ver que el mismo Pancho ya estaba considerando cerrar su tienda. Aparte de que la clientela le ha bajado porque la gente procura salir lo menos posible de sus casas por miedo a un asalto o a un asesinato, una banda de rufianes le viene sacando una cuota mensual para "protegerlo".

—Tendrá cola que le pisen.

Don Evaristo opina que la violencia que se soltó en la ciudad tiene que ver con el narcotráfico y a todo aquel que esté involucrado en ese tipo de negocio se lo va a llevar la chingada. Según él, así ha pasado en otros países de Latinoamérica, no somos los únicos, pero una vez que los carteles de las drogas llegan a un acuerdo, todo vuelve a la normalidad.

—Es una mala racha, Món, no se desanime antes de tiempo.

Le hice ver que no es sólo la violencia lo que perjudica a los negocios pequeños, sino también los *Hoy-Mart*. Esa cadena de supermercados se ha regado por todos lados. Hay almacenes grandes que se encuentran en los centros comerciales y que venden desde carnes hasta zapatos.

—¿Cómo le va a hacer uno la competencia a esas tiendas? —le pregunté al tiempo que daba otro trago a pico de botella a la cerveza.

—Con maña, de la cual Pancho no sabe nada porque es un sureño: huevón y pendejo.

Volvió a mencionar el mentado negocio que puso cuando era joven, pero en vez de contarme sobre su tienda, me salió con que, por lo pronto, entre mi mujer y yo podíamos vender comida; poner un puesto, por ejemplo, en la misma casa, para vender tacos y hamburguesas. ¡Qué ocurrente!

—Ya me figuro a Julieta con el vestido floreado lleno de manteca y yo con mi camisa apestosa a cebolla —dije entre dientes.

—¡Huevón! —me gritó el viejo amargado, y haciéndose el ofendido se metió a su casa sin despedirse.

Llegué a la mía media hora antes de las diez. Julieta todavía no aparecía. Antes de permitir que la cólera me saliera por los ojos, me aseguré de que los niños se lavaran los dientes y se fueran a dormir. Luego prendí la televisión. En el canal local daban las noticias de siempre: veintitrés asesinados por aquí, una mujer muerta por allá, tantos secuestros, que si el PRI, que si el PAN o el PRD, que si tal estrella del espectáculo anda con el marido de otra, o que si el kilo de tortillas va a subir cincuenta centavos. ¡A la chingada con las noticias! A mí lo único que me importaba era que Julieta seguía en la calle. Apagué la televisión. Encendí un cigarro. Luego, otro y otro. Fumé sin cesar, tumbado en el sillón, echando humo y haciendo mis cálculos: si Julieta salió de la casa alrededor de las seis, debió haber llegado al cine a las seis y media y, como toda película dura más o menos dos horas, máximo, después de media hora de camino, tenía que haber regresado a la casa a las nueve de la noche, pero ya eran las diez. Una hora de retraso. ¿Se descompondría el camión? ¿Se iría con su amiga a tomar un café después de la película? Qué desconsiderada. Cada vez que escuchaba pasar un auto me asomaba a la calle por la ventana como charro enamorado, para volver a tirarme al sillón.

Julieta llegó hasta las once. En cuanto entró, fruncí el ceño para que supiera que en ese momento el encabronado era yo.

—¿Qué horas son estas de llegar? ¿Dónde andabas? —le pregunté de pie, fajándome los pantalones para que viera, pues, que conmigo no se juega.

—En el cine. Se nos hizo tarde porque se atravesó el tren.

En eso no había pensado. No me acordaba que ese pinche tren nos parte la madre cuando le da la gana.

Julieta aventó su bolso al aire y se me acercó lentamente. Me quitó de las manos el último cigarro que me quedaba, lo apagó en el cenicero, y de buenas a primeras me desabrochó el cinto y bajó el cierre del pantalón. ¡Ay, Dios! No quise averiguar más. Fue tan cariñosa, tan modosita, como antes, cuando éramos novios y se dejaba mimar. A la vez la vi tan dispuesta a complacerme, que no me entretuve, me la llevé a la cama en brazos y con lámpara encendida le hice el amor dos veces. ¡Arriba Chihuahua, cabrones!

Corre, corre (por el boulevard)

Creo que se me pasó la mano. Con el coraje que tenía, no pensé que ir a un antro sería tan complicado. Como había quedado con mi amiga, en cuanto escuché el claxon salí de mi casa sin despedirme de Monchis. No quería que se diera cuenta de que me había arreglado más de lo usual sólo para ir al cine. De entrada, me extrañó que Claudia no manejara su coche y que no viniera sola. La acompañaba Susana, otra de sus tantas amigas. El auto era de su hermano. El de ella se descompuso. Arrancó y Susana puso un CD de Juanes.

—Ay, ¡ese tipo me encanta! —Subió el volumen, sacó una cajetilla de cigarros y me ofreció uno.

No fumo. Lo intenté cuando estaba en la secundaria, pero no me gustaron ni el sabor, ni el olor. Pero esa tarde decidí volver a probar. Susana fuma cigarros *lite* mentolados y después de varias caladas medio que me gustó el sabor.

En el camino, Claudia y Susana abrieron dos latas de cerveza para, según ellas, ir entrando en calor. Me ofrecieron una, pero no quise. No me pareció buena idea que Claudia fuera manejando y bebiendo al mismo tiempo. Por el espejo retrovisor me prometió que nada más se tomaría una. Claudia y Susana comentaban que el lugar al que íbamos estaba de pocas. Tocaban música para todos los gustos, el *happy hour* es de siete a ocho, las botanas consisten en tacos y flautas en miniatura, aderezados con todo tipo de salsas y acompañados de totopos y cacahuates. Como yo no había probado bocado desde el mediodía, por los nervios de tener que contar mentiras a Monchis, se me hizo agua la boca y sentí un retorcijón en el estómago. Se agudizó cuando Claudia comentó que lo mejor del lugar era que se podía encontrar hombres guapos y bailadores.

—¿Bailan? —pregunté.

—La mayoría —dijo Susana volteando hacia mí.

—No hablo de los hombres, sino de ustedes.

—Claro. ¿Crees que vamos a sentarnos con tremenda música? Para eso te quedas en tu casa, chulis, con tu marido, bostezando frente al televisor —contestó Claudia acomodándose el cabello.

—La última vez que vinimos la pasamos bien chido, ¿verdad, Claudia?

—¡Uy, sí! No sabes el ambiente que se armó. Desde que llegamos abrimos el baile con dos tipos guapos y música de salsa. Ellos llegan muy seguido al antro y siempre nos sacan a bailar. Se nos unieron otras parejas. Bailamos en círculo, en trencito por entre las mesas, luego cambiábamos de compañero, hasta que Susana y yo terminamos bailando encima de una mesa.

—¿Se quitaron la ropa? —pregunté al instante.

—¡Ay, no! ¿Cómo crees? Nosotras no somos de esas.

—Hoy tú te vas a unir a nosotras y entre las tres vamos a pulir la pista de baile. ¡Salud! —dijo Susana al momento que abría otra lata de cerveza.

Por un buen rato ya no abrí la boca. Me imaginaba en la pista bailando merengue con un hombre apuesto y con buen ritmo. Él me daba vueltas y mi cabello volaba entre luces de neón, mientras mi vestido se ondeaba entre el humo violeta que salía de las esquinas de la pista. Luego tocaban una bachata y el galanazo me tomaba de la cintura y yo ponía mis brazos sobre sus hombros, moviendo las caderas y él me decía al oído que yo era encantadora, que mis ojos parecían dos luceros y mi sonrisa lo incitaba a darme un beso… Ya no seguí con mi fantasía de telenovela cursi porque Claudia gritó:

—¡Ay, no! El pinche tren. —Y paró el coche al llegar a una larga fila de autos.

—Díganme si no son pendejadas. Esta ciudad rascuache está peor que un pueblo bicicletero. Este tren oxidado le parte la madre a la ciudad a la hora que se le antoja. ¡Qué ganas de joder! —comentó Susana dando otro trago a la cerveza.

El tren avanzaba y retrocedía. Junto con el ruido de los frenos se escuchaban también cláxones e insultos de todo tipo. No tardaron en llegar los vendedores de cigarros, los limpia-parabrisas y uno que otro limosnero. Susana bajó la ventanilla y de buenas a primeras empezó a hacer plática con el conductor del coche de al lado.

—Es un borracho, Susana, no le hables —opiné en vano.

Claudia aprovechó para hablar por el celular con su marido:

—Sí, ya te dije que el tren está atravesado. Vamos a llegar tarde al cumpleaños de mi amiga Brenda, así que no me esperes. Dales de cenar a los niños, acuéstalos temprano y tú también, amor.

En cuanto terminó la llamada se unió a la conversación que Susana tenía con el tipo, pero no por mucho tiempo, pues el tren empezó a avanzar hasta desaparecer por completo. Claudia echó a andar el coche y lentamente cruzamos la calle. Cuando pudo llevar una velocidad normal se dio cuenta de que el hombre con el que estuvieron platicando nos seguía.

—¿Acaso lo invitaron? —pregunté azorada.

—Yo no —dijo Susana abriendo otra lata de cerveza.

—Yo tampoco —comentó Claudia—. ¡Ni loca! Está para darle un susto al miedo.

Entre carcajadas y a alta velocidad lo perdimos de vista, pero la policía de tránsito nos alcanzó y nos hizo parar.

—¿Y ahora qué? —pregunté como estúpida.

—Esto lo arreglo yo —dijo Susana con la intención de bajar del coche, pero Claudia se lo impidió.

—Ni se te ocurra bajar. Has venido tomando todo el camino y…

—¿Y tú qué? También tomaste, no te hagas.

—No tanto como tú. Esperen aquí que esto se arregla con una mordida. Pásame mi cartera —ordenó por último Claudia.

Mientras hablaba con uno de los dos policías, le entregó su licencia y sacó unos billetes. El agente tomó el dinero y pensé que había arreglo, pero no. El maldito ordenó al otro que inspeccionara el coche. Casi me muero del susto cuando abrió las puertas y nos hizo bajar a Susana y a mí. El otro agente se dio a la tarea de interrogarnos y pedirnos identificaciones, mientras que su compañero daba con un paquete pequeño de marihuana que estaba escondido en la guantera.

—No es mía —alegó de inmediato Claudia—. Tampoco el coche, es prestado. Yo no sabía. ¿Cómo me iba a imaginar? —Y soltó en llanto.

Total, que entre dimes y diretes, el oficial dijo que nos llevaría arrestadas.

—Yo no tengo vela en este entierro —atiné a decir—. Estas dos señoras son unas conocidas que me estaban haciendo el favor de darme un aventón a casa de mi mamá que está muriendo de cáncer.

Los hombres no me hicieron mucho caso. Se dispusieron a hacernos la prueba de alcohol. Hice un cuatro, caminé derechita por la raya, soplé y salí negativa. Pero Claudia y Susana resultaron positivas y se pusieron histéricas. Entre que los oficiales alegaban con ellas y yo les rogaba que me dejaran ir a ver a mi pobre madre enferma, fastidiados, me ordenaron que me largara.

¡Ay, Dios! de la que me salvé. Me fui corriendo por las calles sin que me lo impidieran los tacones altos. Me sentí más aliviada cuando llegué a la calle 16 de septiembre, pero no por mucho tiempo, pues en sentido contrario venía un grupo de soldados. Al verlos aproximarse, casi lograron que me diera un infarto y cayera muerta como mosca en la banqueta. Se me figuraron un montón de chapulines gigantes, bien alineados, marcando el paso como minuteros y armados con ametralladoras. Pero pasaron de largo. Ni siquiera me miraron. Siguieron su camino y yo el mío, mientras pensaba en lo feos que son.

Gracias a la Virgen, a Dios, a la Divina Providencia, o a quién sea, el camión que va a la colonia donde vivo estaba por salir. Me subí y me senté sin poner mucha atención a los pocos pasajeros, ni a la música ranchera que sintonizaba el chofer. Lo que más deseaba era llegar a mi casa. El camino se me hizo eterno, pero me sirvió para que el corazón se apaciguara. Ya no quise pensar mucho en lo sucedido. El chofer paró justo frente a la casa en tinieblas de don Eva. Cuando arrancó, vi la mía con la luz prendida; Monchis me estaba esperando. En cuanto entré me pidió explicaciones. Yo lo abracé y lo besé como quien se encuentra un oasis en medio del desierto. Hicimos el amor como antes, con ganas, y al otro día no le conté nada. ¿Para qué?

El día que me quieras

Adiós, Alejo.

Ay, Yolanda. Me traes volteado al revés. Cada vez que ese nombre aparece en tu escrito siento que me hierve la sangre. Entré a tu cuarto y esculqué todo: el ropero, los cajones, y en el baúl donde guardabas las fotografías encontré una tarjeta de presentación con el nombre y apellido de ese hombre, y el número de teléfono donde trabajaba. Dejé pasar algunos días. Luego me decidí a hacer una llamada de larga distancia a Guadalajara y, como era vendedor de bienes raíces, me dieron su dirección y el teléfono de su casa. Sí, casado y con hijos. ¡Ja! Volví a llamar después de una semana y, gracias a mi buena suerte, me dijeron que lamentablemente había muerto en un accidente; pero en tu escrito lo siento vivito y coleando, y eso me sigue corroyendo más el alma.

Y mira lo que son las cosas, tú escribiendo y escribiendo ese nombre ahora vacío de cuerpo y alma, mientras que yo te recuerdo y te cuento que, recostado en el asiento trasero de aquel carro abandonado en el que dormía, te pensaba en cada estrella que se asomaba por los agujeros del techo, sin imaginarme que estabas más cerca de lo que creía. Un domingo por la mañana, cuando caminaba rumbo a la tienda del Chino, mi buen amigo Higinio me alcanzó y me dio un aventón en su auto. Al tiempo que con una mano controlaba el volante y con la otra se pasaba el peine por el cabello, ¿te acuerdas que el estilo de Elvis Presley era la moda?, me invitó al cine por la noche. Yo le dije que no tenía dinero.

—No seas tacaño, pinche Venado, hoy es domingo. Te paga el Chino.

Pero lo que Higinio no sabía era que parte de la miseria que me pagaban iba a dar a las manos de mis hermanas; a Genoveva le daba algo de dinero para que le comprara comida a su hijo; y a Alicia, para que les diera algo a mis hermanas menores, Tina, Berta y Dora, porque no habiendo pasado mucho tiempo de que llegamos de Santa Bárbara, Javier se hizo ojo de hormiga y se olvidó, si es que alguna vez lo tuvo presente, de su obligación de hermano mayor. Total que le dije a Higinio que si no iba al cine no era por tacaño, sino porque ya le había prometido a mi sobrino Toñito que el jueves de descanso lo iba a llevar a comer caldo de res al mercado y le iba a comprar un carrito de hojalata.

—Te presto —me ofreció Higinio, metiéndose la mano al pantalón, luego de dejar el peine a un lado.

A mí se me hizo mucha su insistencia.

—¿Qué te traes?

Fue entonces cuando me contó que él y Mario habían quedado de llevar al cine a dos fulanas que conocieron la noche anterior en aquel salón de baile que se llamaba La Playa Azul, y que ellas habían invitado a una amiga recién llegada al barrio.

—Ven para que nos hagas el quite —me insistió Higinio, pero le dije que no.

Ya en otras ocasiones los dos me habían invitado de ese modo y casi siempre, palabra por palabra, me tocaba bailar con la más fea, mientras que Higinio y Mario andaban con las muchachas más bonitas de la colonia. ¿Y cómo no? Ellos andaban curros, con sus chamarras de piel color negro y sus zapatos de tablitas, también negros y bien brillosos, como sus cabellos. A mí esas viejas me barrían de arriba abajo con la mirada, y como seguramente no les cuadraba mi traza de pobre diablo, luego no me hablaban. Yo tampoco, eran unas interesadas. A ellas les gustaban los batos que las sacaran a pasear y les pagaran el cine, la cena o el baile. Los pendejos de Higinio y Mario caían redonditos; pero yo, no, ni madre. Aquella mañana, al llegar a la tienda del Chino, me despedí de Higinio.

—No seas pendejo, Venado, la amiga de Luz es una chulada, se llama Yolanda y…

Ya no lo dejé terminar. Le pregunté si eras tú, la Yolanda que trabajaba en el restaurante de José Carrión; y cuando me lo aseguró, acepté la invitación.

—Préstame diez varos, te los pago el jueves, con el mismo dinero que te ganaré jugando al billar.

Quedamos de vernos esa misma tarde en su casa, allí me daría el dinero y de paso me prestaría unos zapatos, porque enfatizó que no me iba a llevar al cine con chanclas de jornalero, y estuve de acuerdo. Aquel domingo se me hizo eterno. En la tienda, mientras despachaba, veía el reloj y me imaginaba entrando al Cine Plaza contigo del brazo. Para mí, y para la mayoría de la gente, ese era el mejor cine de la ciudad. Fui una vez.

Pasaron la película "Enamorada". Antes de que empezara la función, me paseé por la enorme escalera en semicírculo que llevaba a la segunda sala, en el balcón de arriba y me deleité la vista con las pinturas que adornaban las paredes. Disfruté la película, pero te confieso que me sentía incómodo. Había muchas parejas besándose en lo oscurito y yo, solo. Pero aquel domingo iba a ir contigo al Cine Plaza, a ver la película "Bugambilia", con Dolores del Río y Pedro Armendáriz. Por primera vez iba a ir acompañado por la mujer más bella, aunque también, sin saberlo todavía, la más cruel y retorcida.

El haber sido y ya no ser

Y ese milagro, Món. Hace días que no viene. ¿Dónde se metió? Ni me diga, con el chupetón que trae en el pescuezo, ya me lo figuro. Debía amarrarse un paliacate en el cuello. ¿No le da vergüenza con sus hijos? Así que ya contentó a su mujer. No, no me cuente sus intimidades, no es de hombres, pero qué bueno que vino. ¿Ya sabe que mataron a Pancho, el de la tienda? Sí, fíjese. Atinamos. Dos cabrones entraron y le dieron en la madre. ¿Que pobrecito Pancho, dice usted? ¡Ja! Más bien qué pendejo. Como le dije, la bronca en esta ciudad tiene que ver con los narcos. Al que anda en eso, se lo lleva la chingada. No dudo que Pancho estuviera metido en esos negocios. Ahora a ver cómo le hace la Güera para mantener a sus cuatro chamacos, porque con eso de que tiene cáncer. ¿Tampoco lo sabía? Se lo diagnosticaron hace unos días y parece que es fulminante. Pobres niños, ya se chingaron, se van a quedar huérfanos, como yo. ¿Ya le conté que cuando tenía once años mi madre enfermó gravemente? Sírvame un trago de *brandy*.

Sí, un día de invierno, por andar acarreando el agua cuajada desde el patio a la cocina, para que sus mocosos tomaran por lo menos café en las mañanas, le empezó un resfriado. Luego de unas semanas se le convirtió en pulmonía, porque no hubo dinero para comprar las medicinas que recomendó el doctor. En aquel entonces mi padre andaba perdido en la tomada, y ni los

Morán ni los Patiño nos socorrieron cuando mis hermanas y yo fuimos a pedirles auxilio. «Dios los ayude», nos dijeron y luego nos cerraron la puerta en las meras narices. Nos regresamos a la casa, pero allá tampoco Dios nos ayudó. No sé dónde se mete cuando uno lo necesita. ¡Chingado! Y a lo mejor es eso, el no estar, su manera de joder, de castigarlo a uno por los pecados de otros, porque en aquel entonces yo era un mocoso, ¿qué pecados iba a cargar? Desde entonces Dios me agarró tirria y me castigó dejándome huérfano a los once años. Por eso no lloré, no le iba a dar el gusto. Qué le digo, en la mañana, cuando mi hermana Tina se dio cuenta de que ya eran las ocho y mi madre no se levantaba, fue a su cama y la encontró muerta. Se puso a llorar como loca. Yo estaba en el patio cortando leña. Tina, Berta y Dora, las más chiquillas de mis hermanas, salieron de la casa descalzas, cubiertas tan sólo con un suéter y me dijeron: «Ma' se murió». Me quedé paralizado, pero cuando Tina me jaló del pantalón reaccioné. Entré al cuarto donde dormía mi madre. Me acerqué a la cama y toqué su frente fría. La envolví en la cobija y la cargué. Me senté en la orilla de la cama y la mecí, no sé por cuanto tiempo. A la luz de las veladoras estuve recorriendo las arrugas de su cara; surcos cavados lentamente con años sufridos, sentí sus huesos clavándose en los míos y me invadió un terror que empezó a subir por mis pies, apretándome con sus manos de hierro, corriendo por mi estómago, llegando hasta el corazón, remachando un montón de clavos oxidados, hasta que llegaron las vecinas y me la quitaron.

Como le dije, mi padre no estaba y mis dos hermanas mayores tampoco. Hacía tiempo que también se desaparecían por varios días y luego regresaban con dinero, usted sabe a qué me refiero. Las vecinas insistían en que yo debía de ir a buscar a mi padre o a Javier, mi hermano mayor. Fue hasta entonces que me acordé de él. Se había casado con una fulana que alguna vez vi en una feria. Salí a buscarlo con la suegra. «¡Javier: se nos murió ma'!», le gritaba yo desde la calle. Fue él quien se hizo cargo del entierro, al cual sólo fuimos los hijos que estábamos presentes, algunos vecinos y una hermana de mi mamá. Mi padre y mis hermanas mayores aparecieron ese mismo día, por la noche. Fueron llegando por separado, y no fue hasta que estuvieron todos juntos, mi padre, Genoveva y Alicia, que les di la noticia de la muerte de mi madre. No habían notado su ausencia. Todos estaban en la creencia de que se hallaba dormida, con eso de que estuvo enferma. A esas horas de la noche, mi padre salió al cementerio, pero mis hermanas siguieron sentadas a la mesa. Se miraban la una a la otra, como poniéndose de acuerdo para ver quién empezaba con el llanto.

Y qué le digo, desde entonces, a mi padre le dio más por la tomada. Mis hermanas mayores tuvieron que seguir saliendo de la casa por varios días para darnos de comer a los menores, porque mi padre apenas si se acordaba que existíamos. Yo empecé a trabajar en una zapatería. Entraba muy temprano en la mañana y salía por la tarde. No ganaba mucho, pero me daba para comprar algo de comida y de ese modo, yo pensaba, les ayudaba a mis hermanas. Duré trabajando allí cerca de un año, durante el cual le confieso que todas las noches, entre el sueño, seguía escuchando el llanto mustio de mi madre. Tal vez fue por eso que me dio por dormir con mi papá. Cuando llegaba, saltaba de la cama de mis hermanas y me acurrucaba en su espalda. Tenía miedo, Món, mucho miedo, tanto así que una que otra vez amanecía meado. Una de esas noches me acurruqué en su espalda, hasta quedar dormido, pero en la mañana, para acabarla de chingar, me di cuenta de que estaba muerto. No supe a qué hora se me murió allí mismo, pegadito a mí. No sabe que feo sentí al pensar que había dormido con un muerto. Tampoco lloré. Me aguanté porque, de nuevo, no quise darle el gusto a Dios.

Esa vez mis hermanas se hicieron cargo del entierro. Fue menos gente que al de mi madre, porque para ese entonces Javier ya se había venido con su esposa e hija a esta ciudad. Me acuerdo que una de las vecinas dijo en el panteón: «Pobre don Fermín, extrañaba tanto a doña Ester, que quiso irse con ella». Otra dijo: «O, a lo mejor ella, de tanto extrañarlo, se lo llevó para que la cuidara». ¡Viejas pendejas! No fue ni una cosa ni la otra porque ¿cómo iba a extrañar mi madre a un cabrón? Desde entonces, qué le digo, la dizque familia que teníamos se acabó de desbaratar. Al poco tiempo mis dos hermanas mayores también se vinieron a esta ciudad, cargando con las tres hermanas más chicas. Yo vine también, pero después, por mi cuenta. No me gustaba el tipo de trabajo que a veces hacían mis hermanas mayores para mantenerse. Quise esperar a deshacerme de lo poco que teníamos y vender la casa de mis padres, porque en cuanto se supo que mi padre falleció, me cayeron los fiadores. Parte de la ganancia se me fue en pagar deudas atrasadas, muy atrasadas. Vaya usted a saber si eran en verdad de mis padres.

Después también vine a esta ciudad, como hacemos todos los que queremos encontrar un trabajo y un mejor modo de vivir. Total, que decidí hacer mi vida por mi lado. Aunque de algún modo estaba cerca de mis hermanas, porque el carro abandonado del que me adueñé y usaba como cuarto de dormir, quedaba cerca de donde ellas vivían, y yo trataba de ayudarlas con lo que podía. Así estuvieron las cosas, Món. Por eso le digo que me dan mucha lástima los hijos de Pancho. Se van a quedar de a tiro huérfanos cuando la Güera estire la pata. Va a estar de la chingada. Lo que ahora estoy pensando es que tal vez ponga la tienda en venta antes de que se muera, y ahí está el asunto del que le quería hablar. ¿Que si usted la compra? No, no me tiene que dar una respuesta ahora. Al contrario, hay que pensarlo, y muy bien. Sí, ya se acabó la cerveza. Entiendo que ya se tenga que ir a su casa. Ande, aproveche esta noche que su mujer anda de buenas, porque como todos sabemos, con las esposas eso no se da todos los días.

6

Mujer de miel y rosa

Parece mentira, ahora que Julieta y yo volvimos a darle duro a la cama, me cae del cielo Dianita. Sólo le faltan las alitas para parecer un angelito de ojos azules, cabello rubio y unas tetas que, al mismo tiempo, señalan que puede ser el mismísimo Satanás. Antes trabajaba en la sala C, pero el bendito, o maldito supervisor, la cambió a la sala A, donde yo trabajo. Se sienta enseguida de mí. ¡Qué tentación! No me puedo concentrar. Constantemente se recoge y se suelta el cabello, saca el espejito y se pinta los labios color tuna y se quita y se pone el suéter, diciéndome con una sonrisa traviesa:

—Hace calor, ¿no?

—Hace calor, mucho calor, Dianita —le digo para verle el sostén con encajes cada vez que se agacha a recoger el lápiz, olvidándome de que tengo una computadora enfrente, la fotografía de mis hijos y Julieta, y un anillo de matrimonio en el anular izquierdo.

Ayer Dianita traía una blusa color rosa pálido con un sostén morado. ¡Ay, Dios! Me preguntaba si los pantis serían del mismo color. Cuestión de averiguar, pensé. No sería nada difícil. Antes de salir me invitó a una fiesta, pero no acepté.

—¿No te gustan las fiestas? —me preguntó sentándose en mi escritorio.

—No mucho —le dije sin moverme de la silla.

Cuando la vi alejarse suspiré aliviado. No es que le saque, un acostón no le hace daño a nadie, al contrario, pero no quiero problemas con mi mujer, y mucho menos con Carlos, el supervisor. Él y Dianita fueron amantes. Dicen que desde que ella entró a trabajar a la fábrica la escogió, tal como se escogen los tomates en el mercado, se la comió y la volvió a poner a la vista, con un letrero de "Aquí comió Carlos". Así se estila en las maquilas, hasta en esta, en la que procesamos simples cupones. Los supervisores y los gerentes se llevan a las mejores viejas a moteles de mala muerte. Al resto nos dejan las sobras. Como al pendejo de Saúl, un compañero que anda con una tal Jimena, sólo para presumir de muy chingón. Pendejo. Su esposa está mucho mejor que esa vieja zamba.

La mayoría de las mujeres del trabajo se impresionan al ver a los de mando con sus sacos brillosos, sin ponerse a pensar que el planchado se lo deben a sus esposas, porque la gran mayoría, como yo, son casados. Pero a la bola de viejas no les importa, con tal de que las saquen a pasear, como si fueran mascotas entumidas, y les compren un taco y una Coca-Cola, les importa un bledo si el fulano está o no comprometido. Las hay también tontas, esas que se lavan el coco solitas, diciéndose que, debido a sus encantos, ellos acabarán divorciándose para casarse con ellas. Sí, cómo no. Cuando llegan a atrapar a algún supervisor o gerente se sienten la gran mierda porque se las llevan en sus carros a los moteles de paso, o a las pachangas que ellos mismos organizan. En esas fiestas, con los tragos, mariguana y coca, se revuelven las aguas. De un día para otro, Susanita ya no se acuesta con Rolando, sino con Omar. Y Rolando se lleva a la cama a la vieja que andaba con Rodríguez.

Dianita y Carlos ya no andan y, que yo sepa, ella ya no se acuesta con ninguno de los supervisores. Dicen que Carlos la dejó cuando salió embarazada. Sí, Dianita tiene un hijo de ese cabrón y desde entonces, todos los viernes, ella le hace guardia a la salida para ver si él le da algo de dinero para comprarle la leche al escuincle. Carlos no le da ni un cinco, dicen, pues alega y presume que el encarguito no es de él; que en la bola, no se supo. Yo no sé. Nunca me atrevería a preguntarle a Dianita si el hijo es de Carlos o no, pero se me hace raro que no haya reclamado manutención. Si ella está segura de que el muchacho es de ese güey, que le hagan la prueba del ADN y listo. ¿No? No, no, qué voy a hacerle caso a esa vieja. Por muy buena que esté, que se busque otro pendejo que le mantenga al mocoso, yo a duras penas puedo medio mantener a los míos, y además no me quiero distraer. Ahora más que nunca la idea de la tienda me trae entusiasmado.

La lucha es cruel y es mucha

¡Qué milagro, Món! Pásele. Sí, con todo y sus muchachos. Mire nomás cómo están de crecidos, se nota que su suegra se los cría bien. No, no, ni me diga, ya veo que les compró materiales para la escuela. Como siempre, no ha de traer ni un pinche cinco. No se apure, aquí le tengo su Caguama desde ayer. Siéntese. Deje a los muchachos que jueguen para que se les desentuman la cabeza y las piernas. Nomás que de aquí no pasen. Si necesitan ir al baño, que vayan a su casa. Sabe que no dejo entrar a nadie a la mía.

Bueno pues, le cuento que acerté. Como la Güera va de mal en peor con el cáncer, va a vender la tienda. Dígales a sus muchachos que cuidadito y me maltraten las flores. Mejor que jueguen con aquellos carritos que eran de mis nietos. ¿Qué le decía? Ah, sí, Benito me contó que la mujer anda buscando comprador, pensé en usted, pero con eso de que la última vez que hablamos me dijo que no se quiere ensuciar, pues ya no sé si contarle el plan que tengo para conseguir el dinero. No, no se disculpe. Tiene todo el derecho de dar sus opiniones, pero fíjese que, por lo mismo, ahora sí le voy a contar cómo fue que empecé mi negocio, para que se dé un quemón. Oiga, sus muchachos no saben jugar. Ahora veo por qué los sientan frente al televisor, son muy vagos, no dejan platicar. Mándelos a su casa.

Como le decía, puse mi negocio con mucho trabajo y maña, como se hace en la vida todo lo que vale la pena. Lo hice después de que me casé, porque sin una casa y sin una mujer, no hubiera sido posible. De cómo conseguí la casa y la mujer luego le cuento. No me interrumpa. Estábamos en lo del negocio. Fueron años, Món. Más o menos doce años de ahorrar las propinas que me daban los clientes en la tienda del Chino. Yo llegaba a trabajar con la idea de que "el cliente siempre tiene la razón" y con algo más: amabilidad, buen humor y buen oído para escuchar las pláticas de los clientes, sobre todo de las clientas. Me contaban que sus hijos no querían estudiar o que sus maridos se iban al otro lado. ¿Ya le conté que yo también me fui de bracero a los Estados Unidos y me fue de la chingada? Ah, ¿sí? Bueno, ya le digo, todos los días, en cuanto llegaba a la tienda, ponía una lata vacía de jugo Jumex sobre el mostrador con un letrero que decía "Gracias por su propina". La mayoría de los clientes le echaban monedas; y los más generosos, hasta billetes. Al salir, me llevaba la lata llena de dinero escondida en mi mandil, como un tesoro. Así estuve por doce años. ¿Le parecen muchos? A mí también, y más en aquel tiempo en el que guardaba las latas en el techo de mi casa. No, de allí no agarraba ni un cinco. Todo estaba destinado a mi tienda. Con mi sueldo semanal y una que otra maña mantenía a mi familia, de la que le puedo decir con orgullo, que no pasó hambres. Fríjoles, tortillas, leche, arroz y, de vez en cuando, no le voy a negar, un medio kilo de queso o de chuletas que guardaba y sacaba entre la chamarra o el mandil de la tienda del Chino. ¿Robo? Llámele como quiera. Después de ver que mis hijos devoraban el pedazo de carne, yo me iba a dormir satisfecho, a pierna suelta. ¿Que cómo abrí la tienda? Pues ya ve, se nos hizo tarde con tanta interrupción. Ya son las

diez. Venga mañana, o cuando pueda, y seguimos platicando. Piense en lo de la tienda y, no lo tome a mal,
pero procure no traer a sus muchachos, porque, ya ve,
no dejan platicar.

Vivimos en el centro de la ciudad, en una casa grande, con patio en medio y varias piezas alrededor. La nuestra es de dos cuartos. A esta casa grande del norte le llaman vecindad.

Me deshago del polvo, del escombro. Pinto paredes y limpio ventanas. Arreglo la puerta agujerada, por donde se cuela el frío y la tierra mezclada con asfalto. Confecciono sábanas de costales de harina. A diario las lavo y las cuelgo en el tendedero, en medio del vecindario.

¡Que las vean! Sí, mis sábanas son las más blancas de todas.

Barro, trapeo, sacudo y pico el tomate, cebolla y ajo para el arroz, antes de que mi padre regrese del trabajo, y Gabriel y Ana de la escuela.

Julio ya no vive con nosotros. Se fue con el tío Pedro. Trabaja en el otro lado levantando bardas y ve por si consigue novia que le arregle residencia.

Antonio tiene casa aparte con Malena, la que trabaja en la cantina de la esquina.

Gabriel estudia radiotécnica.

Ana, secretariado. Es muy inteligente, pero le gusta mucho el baile.

Antonio viene a cenar todas las noches, después de golpear a Malena por puta.

Yo no tengo trabajo fuera de la casa. Todavía no tengo amigas. No salgo por las noches. Espero, mientras me cepillo el cabello, la casa propia que mi padre nos prometió, con macetas para plantar azucenas, un árbol frondoso para amarrar una cuerda y hacer un columpio, pintar la fachada de amarillo, la puerta de azul y en el centro un sol más grande que el del sur y...

¡Mentira! ¡Mentira! ¡Mentira!

Mi padre aparece de noche en la puerta con una mujer llamada Elvia.

De rosa la pasión

Sí, Yolanda, suponiendo que me necesitabas, pero sin saber entonces que guardabas secretos en el dobladillo de tus faldas blancas, hice todo por conseguirte, por protegerte. Aquella tarde de domingo, cuando te iba a acompañar al cine, no salí del trabajo sino hasta a las ocho. El Chino tuvo la ocurrencia de hacerme cepillar el banco donde cortaba la carne y lavar con agua y jabón la hielera y las charolas. Lo hice. Me di prisa. Para cuando terminé, ya era un cuarto para las ocho. Tomé el autobús para ir a casa de Genoveva y bañarme, pero al llegar, el tipo con el que vivía mi hermana se había gastado el balde de agua que yo aparté en la mañana. Le reclamé y el hijo de la chingada me metió un putazo en la cara. No pude regresárselo. Estaba en el suelo. Genoveva me ayudó a levantarme y luego me echó de su casa. Salí con el pómulo y el corazón golpeado rumbo a la casa de Higinio. Su madre me dijo que ya se había ido y al verme la traza, me ofreció un jabón, una toalla y un balde con agua para que me bañara en el patio. Así lo hice, agazapado en el mezquite que estaba frente a la ventana de la cocina, donde vislumbré una luz y sus ojos, que miraban mis miserias desnudas y temblorosas. Avergonzado, acabé de medio bañarme, me puse el mismo pantalón, me lo amarré con el alambre de cobre y salí con los zapatos de jornalero en las manos por la parte trasera de la casa. Me senté junto al tambo de basura para ponerme los calcetines y la camisa, y me quedé allí, fumando y mirando el cielo es-

trellado, al tiempo que un perro callejero se me acurrucaba en las costillas. Higinio y Mario llegaron y preten-
dieron no verme, pues tras de ellos venían las fulanas,
entre ellas tú, Yolanda, con una rosa roja en la mano, te
despediste de ellos con un "buenas noches" y te fuiste
rumbo a tu casa, sonando los tacones que todavía me
laten en la cabeza.

Si el norte fuera el sur

Pues no, no le dije a Monchis que iba a ir a trabajar allá, en el otro lado, limpiando una casa, no fuera a echarme la sal como otras veces. Claudia se ofreció a llevar a mis hijos a la escuela, recogerlos y cuidarlos hasta que yo regresara. Me levanté muy temprano, en cuanto Monchis se fue al trabajo. Bajo el farol que todavía alumbraba la calle solitaria, me imaginaba acariciar cincuenta dólares que me pagarían por el día. Una fortuna, si comparo la cantidad con el sueldo de mi marido. En eso llegó el camión. Pese a que el chofer sintonizaba *La ran-che-ri-ta-del aire* y Vicente Fernández cantaba a todo pulmón, *"pero sigo siendo el rey"*, somnolienta miraba a los pasajeros. Con los apuros, no tuve tiempo para tomar café.

Bajé del camión en la plaza y caminé a prisa por toda la avenida Juárez. Me sorprendió verla como si fuera mediodía: coches haciendo línea, vendedores de cigarros toreando el tráfico, muchachos con mochila en la espalda, caminando apurados, como si fueran a recibir herencia, y uno que otro borracho desmañanado. Las casas de cambio y las farmacias ya habían abierto, y las cantinas y salones de baile estaban cerrados. En el camino conté tres pájaros volando por el cielo, seis árboles deshidratados y el tiempo: 6:25 a.m.

Cuando llegué al puente, la línea de peatones era muy larga. Daba justo a las máquinas para pagar el cruce. En cuanto Azucena me vio, me jaló del brazo y me llevó a la fila. Con ella estaban otras dos mujeres;

una joven, como de treinta, y otra cincuentona. Avanzábamos lentamente. Muy pronto me arrepentí de llevar zapatos altos, una blusa verde turquesa, de chifón, y el cabello suelto, pues el sol empezó a calar bien fuerte. La mujer cincuentona que llevaba una camiseta suelta con una ilustración que abajo decía "¡Viva Pancho Villa!", y pantalones de mezclilla, como los de antes, hasta la cintura, se quejaba de la espera: que no era justo, que esos agentes gringos eran unos cabrones.

—No son gringos. Son pochos. Se apellidan Gutiérrez, Fernández o García, pero no saben hablar bien el español —comentó la otra.

—Sí lo saben, pero se hacen que hablan mocho para impresionar: ¿Qué traer en tu *bag*? Nos preguntan con su cara de sol azteca —dijo por último Azucena con su pasaporte en mano.

Las mujeres sacaron sus sombrillas y una botella con agua. Yo compré un refresco en un puesto ambulante y me tapé el sol con un pedazo de periódico que me encontré en el suelo y cuyo titular decía: "16 masacres en un solo día". Pasada una hora, el radiador de un coche que estaba en la fila explotó. El dueño bajó para revisar y enseguida se armó un escándalo. Se escucharon gritos, reclamos, palabrotas, exigiendo al tipo que moviera su carcacha y él, como si nada. En la línea de peatones, entre empujones, algunos se quisieron pasar hasta el frente, pero el guardia, que por suerte estaba ahí esa mañana, los regresó. A la hora de mostrar el pasaporte yo ya estaba de muy mal humor.

Se me pasó en cuanto estuvimos del otro lado y nos encaminamos, a toda prisa, a una camioneta que ya nos esperaba para llevarnos a las casas en las que trabajamos ese día. Aparte de nosotras, iban más mujeres. Todas hablaban al mismo tiempo en el camino. Yo, callada, con la vista perdida en la carretera. No tenía idea a dónde diablos iba. A un lado del Río Bravo veía el orden; líneas y curvas perfectamente delineadas en la carretera, donde un montón de autos buenos, nuevos, transitaban frente al anuncio de "JESUS LIVES". En el otro lado, en el nuestro, entre una espesa nube de polvo y contaminación se veían laberintos polvorientos, humientos, deformados, creados y dejados a la buena de Dios, bajo el letrero de la montaña que dice: "LA BIBLIA ES LA VERDAD. LEELA".

Azucena me dijo a media voz que yo trabajaría con *miss* Robertson, una maestra de escuela primaria que tenía dos hijos adolescentes, un perro bilingüe y un marido de pocas pulgas.

—Miss Robertson no va a estar cuando lleguemos, pero va a estar el esposo. Trabaja desde su casa en no sé qué negocio. Te voy a presentar y él te dirá qué quiere que hagas hoy. No te esmeres mucho, al cabo que los hombres no ven más allá de sus narices —me recitó Azucena de corrido.

Entramos a una zona residencial, como las que salen en las películas gringas, nada qué ver con la colonia pinchurrienta en la que vivo. Las casas son casi iguales, con cochera, ventanas grandes y jardines en las entradas. Bajamos en una esquina y Azucena me pidió dos dólares para pagarle al hombre, pero como yo sólo traía cien pesos en mi monedero, y el tipo no aceptaba moneda mexicana, ella pagó mi parte, advirtiéndome que se los regresaría en la tarde, cuando recibiera mis cincuenta dólares. Caminamos y pasamos varias casas, hasta llegar a aquella en la que trabajé aquel día.

Azucena tocó el timbre. *Mister* Robertson abrió la puerta, vistiendo sólo unos bóxeres rojos, con barquitos en el estampado, y mostrando una barriga como de siete meses de embarazo. Entre los ladridos del perro, Azucena y él medio hablaron. Él, en inglés; ella, en español; y ambos a señas. Azucena quedó en pasar por mí cuando terminara. Ella trabajaría justo en la casa de enfrente, y antes de irse me dijo que el perro entiende muy bien el español.

Mister Robertson cerró la puerta y enseguida le pregunté qué quería que hiciera.

—¿Qué saber hacer tú mejor? —me preguntó con sus ojos verdes saltones.

No supe qué contestarle.

—Hacer lo que puedas, mujer, pero primera, darle comida a Bob.

—Ven, Bob.

El perro me siguió al refrigerador, moviendo la cola y, ¡madre mía!, me di cuenta de que en el fregadero había una pila de platos sucios, en la estufa sartenes con comida pasada y el cesto de basura rebosando de mugre. *Mister* Robertson apareció y me dio un jarabe que debía agregar a la comida del perro. Lo que son las cosas, en el otro lado la gente tiene hasta para comprar medicina a los animales; pero acá, como no alcanza ni para comprarnos una aspirina, los perros que se enferman, se mueren en plena calle.

Decidí dejar la cocina al último y subí a las recámaras seguida por Bob. Abrí la puerta de una y, ¡Santa Madre de Dios!, supuse que sería de la hija, porque había ropa interior regada por todo el piso, revuelta con *jeans*, vestidos, platos con comida y toallas sanitarias usadas. Pasé a la otra, la de un chico adolescente, igual de desordenada y sucia, sólo que a esta se sumaban revistas en las que aparecían mujeres desnudas y otras cosas que no quiero recordar. Pensé que era mejor limpiar primero el baño que se encontraba en el pasillo y así lo hice. Sin pensarlo dos veces, me puse los guantes, vacié jabón y Clorox a un balde y limpié la porquería.

—Ven, Bob. Vamos a la recámara principal. —Y sí, el perrito bilingüe me entendió.

En lo que sacaba el canasto de la ropa sucia del baño, entró *mister* Robertson dándome tremendo susto.

—Yo bañarme. Tú hacer la *bed*.

La *bed* es la cama, si no estoy tan burra, pero ¿"Hacer" la bed? ¿Cómo, si ya está hecha? No, estos gringos no saben hablar español. Quité las sábanas para llevarlas abajo, a la lavadora, y salirme de ese cuarto donde estaba ese hombre desnudo bañándose, pero justo cuando quitaba las fundas de las almohadas, ese descarado barrigón salió del baño en cueros, se arrimó a la cama escurriendo agua y babas, haciendo como que no encontraba la toalla. Le aventé las sábanas encima y salí corriendo de esa casa mugrosa y depravada entre los ladridos del pobre Bob.

Toqué a la puerta de la casa donde estaba trabajando Azucena y ahí, en la entrada, le solté todo lo ocurrido. Ella no sabía qué hacer. Lo único que repetía y repetía era que no lo podía creer, porque la señora que trabajó antes con ese viejo cochino nunca le comentó nada semejante. Me dejó entrar y me convidó un sándwich que me comí en el jardín trasero, mientras veía las rosas y los geranios, y lloraba de coraje. ¿Y mis cincuenta dólares? Azucena notó mi desánimo y me pidió que la ayudara a terminar de planchar, mientras ella acababa de aspirar la escalera para irnos más pronto. Para las cinco de la tarde ya habíamos terminado y en quince minutos ya estábamos en la estación, esperando el camión que nos llevaría de regreso al centro.

Una vez más, de mala gana, Azucena pagó mi boleto. Se sentó junto a dos conocidas suyas y sin pena ni gloria les contó lo que me pasó con *mister* Robertson. Las mujeres, ya mayorcitas, parecieron no impresionarse. Es más, una de ellas me dijo que era muy común lo que me sucedió.

—Se batalla para encontrar una buena casa, con patrones decentes. Hay que ir probando. Por eso yo no dejo a *miss* Moore, es una gringa muy buena, muy cristiana —comentó la mujer abrazando el bolso.

—Pues sí —agregó la otra—. No se aflija. Pasan cosas peores. Conozco a una a la que su patrona le jala las greñas cuando se le olvida poner sal a los fríjoles, o le da con una chancla por no regresar los tapetes a su lugar después de sacudirlos.

—¿Y ella qué hace? —pregunté ya muy interesada en la plática.

—Se aguanta. Necesita el dinero, y como es medio taruga, cree que nadie más la va a ocupar.

—Eso no es nada —intervino la otra—. Sé de un hombre que trabaja en una casa de por aquí, y el otro día me contó algo que no me lo van a creer...

—¿Qué? —preguntamos todas al mismo tiempo.

—Pues verán. Él trabaja para una señora mayor. Es raro que los hombres trabajen en casa, pero como ven, hay de todo en la viña del Señor. Tiene estudios de computadoras, pero lo corrieron de la fábrica. Total, en cuanto llega, la dueña enciende la radio, se desnuda y así anda por toda la casa, mientras él termina con el quehacer. Dice que se siente muy incómodo y, más que nada, muy avergonzado cuando, al final del día, tiene que bañarla y darle masaje. ¿Se imaginan?

Yo no quise imaginármelo. Suficiente tenía con lo que me ocurrió. Azucena y las mujeres siguieron platicando. Yo pensaba en mis fracasos por conseguir trabajo. Este último estuvo peor que ningún otro. Con todo y que le ayudé a planchar, Azucena alega que le debo dinero. También le debo explicaciones a Monchis porque, como llegué después de lo esperado, Claudia fue a la casa a dejar a los niños. Aunque no me echó de cabeza, le dijo a mi marido que no sabía a dónde me había ido, y eso estuvo peor. Monchis me preguntó dónde estuve todo el día.

—Fui al Seguro Social. Tenía cita para mi examen anual.

—¿Por qué no me lo dijiste?

—Me acordé hasta en la mañana.

—¿Y todo el día para un pinche examen?

—Ya sabes cómo son las cosas en el Seguro Social.

Con eso le callé la boca. Hasta allí quedó el asunto. No quise contarle cómo me fue. Me dio vergüenza y no quise que se burlara de mí.

Después de ese mal día, todo me quedó más claro. Nada de trabajar en casa. Si llego a conseguirme otro trabajo, será en este lado, aunque no gane mucho. Tal vez Monchis y don Eva tengan razón; que mi marido compre la tienda de la Güera. Yo seré la cajera y luego, con las ganancias, viviremos en la casa que piensa construir aquí, en este país al que ya le conocemos las mañas. ¿Para qué buscarle tres pies al gato cuando sabemos que tiene cuatro?

7

Es tan fácil romper un corazón

¿Y si en una de esas Julieta anda por ahí de alborotada? La he estado tanteando las últimas semanas. Cuando llego del trabajo la encuentro vestida como para salir. Le pregunto a dónde fue y me dice que a ninguna parte. Lo que pasó la semana pasada no me dice nada bueno; dizque fue a su consulta anual. Es verdad que en el Seguro Social se las gastan. Uno puede estar varias horas esperando al doctor, para que al final la recepcionista salga con que se cancelaron las consultas y dé otra cita para dentro de un mes. O como le pasó a mi madre, que, ya estando lista en el quirófano para hacerle una operación, las enfermeras la sacaron llena de tubos, porque había un enfermo supuestamente más grave; así que la operación de mi jefa al final tuvo que llevarse a cabo en un hospital particular.

Sí, puede ser que se haya llevado todo el día en la consulta y, claro, es posible que se le haya pasado decirme, pero revisé su bolsa esa misma noche y no encontré ningún papel del Seguro Social; una orden, los resultados de laboratorio, o la receta u otra cita. Lo que sí encontré fue un boleto de autobús del otro lado. Habrá ido de compras y no quiso decirme, como tampoco quiso que supiera que el otro día fue a cortarse el cabello. Trae un corte más moderno y se me hace raro, porque a ella le cuesta dar cambios drásticos. Ya casi se termina el perfume de azucenas que le regaló mi suegra. A diario se maquilla y se cambia el color de las uñas. Un vecino me dijo que la vio en el Mall de las Américas y...

No sé. A lo mejor estoy viendo moros con tranchetes, como dice mi madre, pero ella también dice "piensa mal y acertarás". ¿Y la salida al cine con Claudia? Llegó medio rarita, como con sentido de culpa y yo, entusiasmado porque me bajó los pantalones, no me puse a pensar en lo que me contó un compañero de trabajo: cuidado, si tu mujer sale por ahí de noche con las amigas y llega modosita es que te la alebrestó algún güey.

Nada más de imaginarme que Julieta haya ido a algún antro en vez de al cine, que aceptase una copa de algún gandaya, un piropo, una sonrisa, una invitación a bailar, un brazo extraño en su cintura, un rostro novedoso cerca de su cuello, me dan ganas de matarla. Ay, Dios. Ya estoy como don Evaristo. En una de esas el viejo descubrió que Yolanda lo engañaba y, pues, ese tipo de asunto no se puede perdonar ni dejar al ahí se va. ¿Pero matar? No. Bueno, quién sabe.

No. No creo que Julieta haya llegado tan lejos, pero de que anda volada de la cabeza, no tengo duda. La voy a seguir tanteando y no voy a bajar la guardia, porque en un descuido, adiós paloma.

¿Qué le ha dado esa mujer, querido amigo?

Cuidado, Món, cuando el río suena es que agua lleva. Si tiene dudas sobre su mujer, por algo será. No es usted el único que me ha confiado ese tipo de cosas. Tuve un amigo, Mario, sí, el que conoció en la cantina. La mujer lo engañó con el plomero, el pintor, el electricista y vaya usted a saber con quién más. No. Si no es necesario que salgan de la casa. Se las arreglan para hacer de las suyas ahí y en pleno día. Y a ese tipo de mujeres mustias es difícil agarrarlas en la movida. Pero las hay también descaradas. Esas que salen de noche con las amigas. Ahora se estila que, como se creen con los mismos derechos que tiene el hombre, se van a distraer con sus amigas al *happy hour*. En esos bares, los hombres solteros o casados van a ligar y las mujeres van a hacer lo mismo. Ni modo que vayan a rezar. Ay, Món, no se haga pendejo. Usted lo sabe. Conste que se lo advertí hace tiempo, cuando su mujer salió con que quería trabajar. ¿Se imagina? Si estando en la casa salen con esas cosas, qué no harán cuando trabajan, cuando dicen que tienen que ir a la junta del trabajo para esto o para lo otro, cuando en realidad, las juntas son de ombligos.

Pero le diré que hay otro tipo de mujeres, más discretas, y por lo mismo, más perniciosas. Hace un chingo de años, un señor que iba seguido a la tienda donde yo trabajaba, después de cerrar me confesó que su mujer, entre sueños, constantemente pronunciaba el nombre de otro hombre. ¿A qué hora se vería con el fulano? ¿En dónde? Quién sabe. Sí, tal vez tenga razón y mi visitante haya sido un exagerado, pero que la esposa balbucee toda la noche el nombre de otro bato en la cama que usted compró, ¡no la chingue! Este señor me contó que estuvo siguiendo a su vieja por varios días, semanas y meses, pero nunca la agarró en la movida. Yo, para que dejara de moler, le hice ver que también hay mujeres que sólo les gusta jugar a la engañada.

Sí, Món. En la tienda conocí muchas mujeres calienta huevos. Le coquetean con la mirada tipo María Félix y la sonrisa a la Sofía Loren cuando se sueltan y sujetan el cabello y se agachan para que uno les vea hasta la garganta. Lo sabe. No se haga. Y luego, si el fulano, ya entrado, le cae con la torta, corren asustadas a sus casas a repasar la gran aventura de su día, con el marido durmiendo a un lado.

Sírvame otro trago porque ya me calenté. Bueno fuera que si andan de coscolinas, se largaran para no seguir manteniéndolas. Salen caras, Món. También lo sabe. Que si el *shampoo* para el cabello teñido, medias de seda cada semana, zapatos de distintos colores y bolsos que les combinen, pastillas para el dolor de cabeza, cosméticos, ropa interior, perfumes. En fin, exprimen hasta la última gota del sueldo semanal. Pero, ¡ja!, de pendejas no tienen un pelo. No se van de la casa porque no hay otro güey que cargue con ellas y con los mocosos. Si las enamoran es sólo para un rato, no para toda una vida. Y lo peor es que ellas lo saben.

Está de la chingada, Món. Lo que sí le digo, otra vez, es que se ponga abusado. Amárrese bien los pantalones y súbale la canasta a su esposa. A las mujeres, ni todo el amor, ni todo el dinero. No se le olvide.

La mañana amanece blanca.

Plumas de agua nieve vienen presurosas a la ventana. Afuera, el aroma a leña quemada. Adentro, jabón hervido.

En los tendederos, la ropa colgada y el lazo a punto de romperse.

Mi padre vino a buscarme. Trajo una bolsa de pan salado y dulce; el malo y el bueno. Primero hay que comer el pan salado, el malo, para merecer luego el dulce, el bueno —ya me llené de pan salado, será que ya es hora de que coma el de dulce. Lo esparció en medio de la mesa, en forma de sol. Le hablé sobre mi hija. Nacerá en noviembre. La suya, en diciembre.

Tejo frazadas para mantenerla caliente.

En el patio hay un rincón repleto de leña, la cuna, junto a la estufa.

Ya tengo preparada mi maleta para ir a dar a luz.

Una bata de franela que compré en un puesto en el mercado, un pomo de crema para aliviar la piel reseca, un cepillo de dientes, el perfume de gardenias que me regaló Ana con su primer sueldo, un listón azul para recogerme el cabello, un espejo y el retrato de mi madre...

No daré a luz en mi casa, mi sangre no será derramada sobre la baldosa. Mi hija no nacerá huérfana, ni morirá de frío, ni andará de casa en casa. Arrullaré su cuerpo tibio en las noches, temblando, llena de miedo. Ayúdame.

No enterraré su ombligo en esta tierra vacía de historia.

Lo quemaré y esparciré las cenizas al viento.

¡Qué un día se vaya y no encuentre el camino de regreso!

Mientras espero a mi hija, te encuentro, madre, en el olor de las guayabas, mangos y naranjas; en azucenas y gardenias.

Ayer corté una flor de buganvilia en un puesto en el mercado.

Guardé una en la bolsa del vestido. La traje a casa. La llevé a la cama y de mi boca a la boca de Evaristo. Dime, madre, ¿a ti, a qué te sabían los besos?

Evaristo espera a que pase el vendedor de escobas.

Cuando me vaya, ¿se dará cuenta de que la temporada para plantar tulipanes ha pasado? ¿Sabrá que ya es tiempo de remover y fertilizar la tierra? ¿Aprenderá que las plantas interiores agradecen el agua tibia, que las hortensias siempre tienen sed? Y ¿entenderá que la buganvilia fue creada para los besos?

Dos gardenias para ti

¿Y qué tanto brete con el ombligo, la sangre, el miedo y la madre, Yolanda? Te juro que no te entiendo. ¿Cómo es que guardaste tanto misterio por tantos años? Estos escritos me dan la impresión de que eres otra. Nada qué ver con aquella joven a la que le hablé por primera vez en la estación del autobús. Aquel domingo, cuando el viento jugaba con tu falda blanca y tu cabello negro. Me acerqué y te pregunté por la hora, aun habiendo notado que no traías reloj. Me ofreciste tu mirada de paloma triste y un «no sé», sin imaginarme entonces que cargabas con tantas penas en esta ciudad adolescente, como la llamas.

Llegó el autobús. Subimos y me senté a tu lado. Tenías la mirada perdida en la ventanilla. La mía, fija en el asiento de enfrente, en un garabato, mientras daba con alguna pregunta para establecer una plática contigo. Las manos me sudaban. El camión llegó al centro sin que se me hubiera ocurrido nada original que decirte. Bajamos. Te encaminaste a la plaza. Cruzaste la calle y yo, sin saber qué hacer; seguirte o irme. Te seguí. Llegaste a un puesto de flores. Me acerqué y al ver que habías escogido gardenias, le pedí a la florista que me las cobrara a mí. No traía ni un cinco en la bolsa, pero como Hortensia ya me conocía, las envolvió en un pedazo de papel periódico y te las dio. Volviste a ofrecerme tus ojos negros para decirme: «Gracias, me llamo Yolanda». Te ofrecí mi mano sudada. «Soy Evaristo el amigo de…». «El amigo de Mario y de Higinio», me dijiste. Me conocías, Yolanda, ya sabías de mí. Me fui a la tienda del Chino caminando entre nubes de algodones, sin imaginarme que con el pasar de los años caería de un tajo al suelo.

Llegué quince minutos tarde, pero, por primera vez en mucho tiempo, con una sonrisa que me duró toda la jornada; despaché a la clientela más que contento y me resultó de buena suerte, porque las clientas me dieron muy buenas propinas. Al salir, antes de ir al billar a buscar a Higinio para preguntarle quién te había hablado de mí, le pagué tus flores a Hortensia.

Porque eso fue lo primero que sentí por ti: necesidad de protegerte, de cuidarte. Me parecías tan frágil, que, aun siendo un muerto de hambre, me hiciste sentir que era un hombre de acero, y me lo creí.

Yo no soy esa mujer

Con eso de que Monchis anda de desconfiado, ayer salí más temprano de mi clase de aeróbicos para alcanzarlo en la casa de don Eva. El otro día, de buenas a primeras, se me apareció en el *gym*. Yo estaba dale y dale en la bicicleta, cuando Claudia llegó y me hizo la seña para que mirara a la puerta. No lo podía creer. Allí estaba Monchis, lanzando a su alrededor una mirada de toro en la plaza.

—¿Qué haces aquí? —le pregunté, secándome el sudor con la toalla.

—¿Qué? ¿No puede venir tu marido a buscarte? —preguntó levantando la voz y haciendo que Claudia y Jorge, el instructor de pesas, voltearan a vernos.

—¿Pasó algo?

—No. Sólo que quiero cenar.

—Pues, cena. Al rato te alcanzo.

—No quiero cenar solo.

—¿Y eso?

—¿Qué tiene de malo que quiera cenar con mi mujer? —volvió a levantar la voz.

—Tomaste. Andas borracho.

—Tú —se dirigió a Jorge—. ¿Crees que ando borracho?

—No sé, señor.

—¿Señor? ¿Cuántos años me calculas?

—No sé —contestó nervioso el instructor—. ¿Cómo unos cuarenta?

—Con que soy un cuarentón, mastodonte de mierda.

Antes de que aquello llegara a mayores, jalé a Monchis por el brazo y nos fuimos a la casa. No, no cenó. Se quedó dormido, roncando como camión desrielado. Es la primera vez que me hace una escena de celos en frente de la gente. ¡Qué vergüenza con Claudia y con Jorge! Y así ha andado, celoso, hurgando en mis cajones, en mi bolsa y en mi ropa. Bien que me he dado cuenta. Sé que mis salidas a buscar trabajo lo hacen desconfiar, pero ya se le pasará cuando le cuente que ahora sí estoy a punto de conseguir uno como cajera de un restaurante. Por fin me entrevistaron y ya sólo espero que llamen a mi madre y ella me avise si me lo dieron o no. Pero tampoco dudo que el viejo amargado de don Eva le esté metiendo cosas en la cabeza, con eso de que no puede ver a las mujeres.

Por lo mismo fui a buscar a Monchis. Ya es hora de que ese viejo se vaya enterando de que mi marido no se manda solo y, de paso, que no estoy muy contenta con su supuesta amistad. Además, que no crean los dos que se me ha olvidado indagar qué pasó con Yolanda. La semana pasada mi mamá y yo vimos la película "El esqueleto de la señora Morales", con el famoso actor sesentero Arturo de Córdoba, que le fascina a mi madre. No pude evitar cambiar el título a "El esqueleto de la señora Yolanda". En esa película, el marido mató a su esposa. Como se dedicaba a disecar todo tipo de animales, hizo lo mismo con el cadáver de su mujer. Según él la quería tanto, que decidió conservarla para siempre. ¡Qué tipo tan enfermizo!

Suena muy macabro que don Eva tenga el esqueleto de la señora Yolanda guardado en un ropero, y que en las noches lo saque y lo siente en la mesa para platicar, ponga música y baile. Lo que sí es probable, aunque creo que es aún más macabro, es lo que chismea la gente: que la haya matado y enterrado en el jardín, junto a la buganvilia.

Llegué a la casa de don Eva, pero me detuve a unos pasos antes de la reja. Vi al viejo sirviéndose un vaso de *brandy* y a Monchis abriendo una Caguama. Platicaban animados, bueno, más bien el viejo hablaba y Monchis lo escuchaba. Me aparecí de repente. A Monchis casi se le salen los ojos y a don Eva le brotó del fondo del alma una risa burlona.

—¿No me diga que viene por su marido?

—No, don Eva. ¿Cómo cree? Pasaba por aquí y llegué a saludarlos.

—Estamos bien, gracias, pero le recuerdo que no me gusta que me llamen don Eva —me contestó y siguió platicando con mi marido, ignorándome.

—¿Puedo pasar? —pregunté.

Monchis no contestó y el viejo, luego de un silencio, se levantó, abrió el candado y me invitó a pasar más a fuerza que de gana. Enseguida tomó una silla plegable, la colocó a un lado de él, retirada de Monchis, y me ofreció sentarme. Siguió conversando como si yo no estuviera.

—Pues, ya le digo, Món, eso de pescar con caña, no sirve. Uno puede estar todo el día y la noche esperando a que pique el pez. No hay nada como el carrete de hilo. Es bien sencillo de hacer; junta botes de plástico vacíos, los del yogur son los mejores, compra hilo para pesca, el más económico lo venden en el *Hoy Mart*, y lo va enredando. Cada doce pulgadas, le inserta un anzuelo y luego...

Escuché un rato la conversación, pero al poco le perdí el hilo. Me dediqué a contemplar la buganvilia. Estaba tupida de flores, y las hojas se mostraban de un verde muy oscuro. El viejo la guiaba hacia un lado con varias cuerdas. La tierra estaba recién mojada y trataba de imaginarme a don Eva escarbando a un lado de la planta, donde hay un espacio vacío. Me levanté y me dirigí hacia allá. Noté que don Eva me seguía con la mirada desconfiada. Poco a poco me fui arrimando a la ventana. Me asomé por los lados, por si distinguía algo más que las cortinas empolvadas, pero no pude ver nada; el viejo tacaño tenía apagadas las luces. Luego estuve viendo las flores blancas, rojas y rosas en las macetas. Tengo que reconocer que las cuida muy bien. A mí no me gusta regarlas. Cuando era chica, mi madre me encargaba ponerles agua, pero a mí se me olvidaba. Así que decidió cambiarme la tarea diaria; desde entonces me tocó fregar los platos, que tampoco lavo muy bien que digamos. Regresé a la buganvilia. Don Eva bajó la voz, yo arranqué una flor y en eso él se levantó con muy mala cara.

—No, no. ¿Cómo se le ocurre? Deje esa planta en paz.

Me alejé como niña regañada. Él siguió platicando con Monchis y yo me encaminé al porche. Las bancas de pino parecían nuevecitas. Me acerqué a la puerta y gracias a que el viejo la dejó abierta, y a que tenía encendida una pequeña lámpara en lo que se me hizo el recibidor interior, alcancé a ver primero el tapete sucio y al lado, una escalera de madera, con un barandal de fierro de color dorado, pero ya gastado. A un costado de la escalera estaba una mesita de madera oscura con un florero lleno de margaritas marchitas. Pensé que sería fácil entrar con el pretexto de ir al baño, sin pedir permiso, pero justo en lo que yo estiraba la mano para agarrar la manivela, el viejo apareció a mi espalda como fantasma, y me preguntó si se me ofrecía algo.

—Sí —le dije como estúpida—, un vaso con agua y... ¿puedo ir al baño?

—El vaso con agua se lo traigo. Al baño no puede entrar. Vaya a su casa, si quiere.

Me fui. A mí nadie me trata de ese modo. Viejo maleducado y amargado. No tiene maneras y Monchis tampoco. No le importó cómo me trató su amigo; al contrario, se quedó con él hasta las diez escuchando sus pláticas aburridas sobre la pesca. Sí, muy celoso, pero, ¿cómo es que prefiere la plática aburrida de ese viejo decrépito que la mía? Pescar. ¿Quién piensa en eso? ¿Dónde? ¿En el Río Bravo? ¡Ja! A ese río hace mucho tiempo que se le acabó lo bravo. Está más seco que un limón después de quince días y cuando de milagro llega el agua, se mezcla con los montones de porquería que la gente de los alrededores tira a falta de camión que recoja la basura. Está convertido en un chiquero, en un cementerio de llantas, animales muertos, puercos vivos que husmean los cuerpos de personas asesinadas o mujeres violadas y acuchilladas. Si algún día llega el agua, los peces que lleguen a reproducirse van a llevar en sí el veneno, la podredumbre de esta ciudad en decadencia. Y no, no me voy a dar por vencida. Ya verá ese viejo. Muy pronto le voy a sacar sus trapitos al sol.

8

Eres mi obsesión

Ayer viernes volví a almorzar con Dianita en el comedor de la fábrica; y juro por Dios y por mis hijos que no tenía en mente pasar de ahí. Pero, ¿qué va a hacer uno? Una cosa lleva a la otra y cuando menos lo pensé, ¡zas!, Dianita llegó con la charola y se sentó en mi mesa sin más, como ha venido haciéndolo en las últimas semanas para escucharme hablar sobre mis planes de poner una tienda. Ella sí me anima. Me dice que me admira porque no soy un conformista. Ese día traía el cabello recogido en una cola de caballo y un vestido entallado.

—Es color verde hoja, como los árboles —le dije mientras comía las albóndigas.

—¿Le gustan los árboles?

Esa vez cambiamos el tema. Hablamos de árboles, flores y macetas por veinte minutos y los diez que faltaban para regresar al trabajo, Dianita me contó que había comprado un manzano y que quería plantarlo. Le expliqué cómo hacerlo solita, porque lo que pasa es que como su padre murió cuando ella tenía quince, sus hermanos viven en Veracruz, es madre soltera y no les tiene confianza a los vecinos, pues no hay hombre que le ayude a cavar. Mientras hablaba me dio pena; y sin pensarlo mucho, me ofrecí a hacerle el hoyo y plantarle el árbol. Sí, aunque suene a albur, juzgué que no tenía nada de malo echarle una mano a una compañera de trabajo, sin sospechar que tal vez ella hubiera tomado mis palabras al pie de la letra.

Regresé a mi escritorio y mientras me apuraba en procesar los cupones vino a mi mente una de las frases preferidas de mi madre: "No hay que hacer cosas buenas que parezcan malas". Luego, la foto de Julieta. Juro, otra vez, por mis hijos, que nunca le he puesto los cuernos a mi mujer y no lo pensaba hacer ese día, con todo y que ella me orille a hacerlo con sus salidas misteriosas a quién sabe dónde. ¿Y yo qué? A trabaje y trabaje como un burro sin un solo día de distracción. Ella sale y entra de la casa cuando le da la gana, va con sus amigas, supuestamente al cine, y todas las tardes al *gym*. ¿Por qué no habría yo de salir con una amiga? Aunque la gente diga lo contrario, un hombre sí puede tener amistad con una mujer. Además, no se trataba de una "salida", sino de acompañar a Dianita a su casa y hacerle un favor. Con todo, el sentimiento de culpa me ganó y decidí darle largas, decirle a mi amiga que sería otro día, inventarle algún pretexto, que tenía que recoger a mi mamá del hospital o que me acababan de avisar que Damián tenía calentura. Porque, la verdad, de sólo pensar que iba a ir a su casa, me corrió el sudor hasta las nalgas. Pero, cuando salí, me estaba esperando en la calle, en su auto.

—¿Vamos? —Me invitó con su sonrisa de ángel de la guarda.

No me pude negar. Nos fuimos en su camioneta rumbo a una colonia al este de la ciudad. En el camino pensaba que Julieta estaría en el *gym,* los niños frente al televisor y don Evaristo esperándome en el jardín. Pero, pensé otra vez, que no tenía nada de malo ayudar a una compañera de trabajo; aunque por acomedido me salió el tiro por la culata.

Resultó que cuando llegamos, el árbol ya no estaba. Dianita concluyó que se lo robaron, junto con un triciclo y una pelota de su hijo. Pobre mujer, me dio mucha pena. Así que acepté su invitación a entrar para tomar un refresco antes de tomar el camión e irme a mi casa. Su niño todavía estaba en la guardería. Dianita lo recoge hasta las siete para que le dé tiempo de hacer sus quehaceres y descansar un poco después del trabajo. Todas las tardes procura dormir una siesta, pero me dijo que de un tiempo acá no lo hacía porque el cuarto estaba demasiado caliente.

—Estará tapada la rejilla del aire acondicionado —me aventuré a decir.

Le pedí una escalera. No tenía. Me llevó un banco y subí para ajustarla. Cuando terminé, Dianita me ofreció un vaso con cerveza para quitarme el calor. Tomé ese y dos más; y no, el calor no se me iba. Al contrario, me subía con la plática. Me hablaba de lo incómodo que es para ella tener un busto tan grande y de lo latoso que es tener los pezones sensibles. Se quitó la blusa para mostrármelos por si acaso lo dudaba. Tomó mi dedo índice y lo pasó por uno de los pezones. Y sí, son muy sensibles. Los dos se endurecieron y ella se ablandó, dejándose caer sobre el sofá. Yo la miraba paralizado, como robot.

—¿Qué esperas? —me preguntó moviendo las caderas de un lado a otro.

¿Qué esperaba? Tal vez despertarme del sueño con un pellizco de Julieta. Tragué saliva. Dejé el vaso con cerveza en la mesa y me senté a su lado con los brazos cruzados, admirando la curvatura de su trasero esponjoso. Ella soltó una sonrisa maliciosa, me tomó la mano y la colocó en su espalda. Empecé a mover los dedos como si estuviera tocando el piano. Torpemente, porque no sé tocarlo, como no sabía cómo tocar a aquella mujer que tenía servida en charola de plata. ¿Qué más quería? La mayoría de los compañeros de trabajo darían el salario de un mes para estar con Dianita y a mí que no se me paraba. Ella se dio cuenta cuando pasó la mano por mi entrepierna. Me quitó la camisa, el pantalón y se dispuso a lamer, chupar y jadear como actriz de porno. En vez de mirar la fotografía de su hijo, colocada sobre la mesa de centro, cerré los ojos. Traté de fantasear: salí del trabajo. Una mujer rubia con tetas de campeonato me esperaba en un auto rojo y me decía: «Ven, cariño, voy a llevarte al cielo». Pero no, esa fantasía no me servía, era demasiado real. Pasé a otras: estaba en un bar. Una pelirroja me encerraba en el baño. O no, mejor iba en el camión y una enfermera se sentaba en mis piernas. No, tampoco, eran fantasías muy artificiales. Así me dieron las siete de la tarde. Dianita, sudorosa, despeinada y con los labios hinchados e irritados se puso de pie.

—Tengo que ir por el niño —me dijo mientras se vestía.

—Váyase por él, Dianita, no tenga pena. Yo me regreso en el camión —contesté buscando mi ropa.

Sí, qué pendejo me vi. Pero, ¿qué más podía decir? Que no se le pare a uno con una vieja tan buena, es lo peor que puede pasarle a un hombre. Llegué a mi casa como perro con la cola entre las patas, pese a que no pasó nada de nada. Aunque no estoy tan seguro. Estar desnudo con una mujer, tocarla y dejarse tocar, besar y lamer, es muy íntimo. Ahora me arrepiento. Cada vez que Julieta me mira a los ojos la evito, como que presiento que lo sabe y, lo peor, hace días que no me animo a hacerle el amor. No puedo. Como que me quedé escamado. Estoy hecho un lío. Y de pilón, ahora me pregunto si Dianita no irá a contar a toda la fábrica que también soy un fracaso en la cama.

¿El camino o la vereda?

Se lo dije, Món. Sabía que le iba a gustar la comida corrida en el mercado. Hace mucho tiempo que no venía. Está muy cambiado después de que lo renovaron. ¿No supo que se quemó otra vez? Sí, fíjese. Dicen que fue culpa de un yerbero. Un "brujo" que rentaba un puesto para vender sus mejunjes; víbora en polvo para los males de la piel, ruda para ahuyentar los malos espíritus, y aguas apestosas, dizque para atraer al sexo opuesto. ¡Ja! Cuentan que ese brujo ignorante también vendía veladoras milagrosas con imágenes de la Virgen de Guadalupe, el Sagrado Corazón y el Santo Niño de Atocha. Mientras tenía abierto su tenderete las encendía para que el Señor lo iluminara y así pudiera "recetar" lo que sus clientes necesitaban. Pero una tarde, antes de cerrar su changarro, se olvidó de apagar las velas y, ¡en la madre!, el incendio empezó en su puesto y se extendió a todo el mercado. Como ha de saber, no era la primera vez que el mercado se quema. Lo han restaurado varias veces, pero esta última de plano el Gobierno tuvo que construir uno nuevo. No me gusta. Es muy moderno.

La mayoría de los comerciantes del antiguo se mudaron a éste. Entre ellos Florentina, quien vende el mejor caldo de res que haya probado en su vida. La conozco desde que trabajaba en la tienda del Chino. Es una mujer muy entrona, trabajadora y buena para la cocina. La hija le heredó la gracia y el puesto, porque Florentina ya no lo atiende, está vieja y muy enferma. Pero la hubiera conocido en sus meros moles, era bien chula. Por lo mismo tenía siempre el puesto lleno de clientes, en su mayoría hombres, pero ella no, qué va, nada más les daba por su lado. Era viuda y nunca volvió a casarse, decía que de pendeja volvía a ser sirvienta. A mí me parecía una mujer muy diferente; independiente y lista, cosa todavía más extraña tratándose de una mujer, y sola. Por lo mismo me gustaba pasar tiempo con ella. Podía platicar de todo: negocios, hijos, impuestos y hasta del presidente. También era bondadosa. Nunca negaba un taco a cuanto vagabundo se acercaba a pedirle comida. Decía que lo que uno da se regresa. Yo le creía. Tanto a ella como a mí nos fue bien en los negocios, pero no en el amor. No la veía muy seguido, sólo cuando quería variar la comida de la casa y dejarle un día libre a mi esposa.

Así que lo entiendo, Món, no se puede negar que hay mujeres que le mueven a uno el tapete, pero cuidado, porque con ésas de seguro termina uno en el suelo; sucio y fregado. ¿Que si se lo digo por experiencia? Cómo será pendejo, se ve que no me conoce. Se lo digo porque hay muchos tipejos como usted: presumidos. Si de veras tuvieran algo digno de platicar, no lo harían. Las experiencias buenas se gastan, se esfuman al contarse. Al contrario, son para guardarse atrás del corazón. Así que déjese de cuentos chinos, en vez de andar de calenturiento y dárselas de don Juan, váyase preparando porque el viernes vamos a encontrarnos con Higinio en la cantina. Ya tiene el dinero que nos va a prestar para abrir la tienda. Pero nada, vaya a su casa y tenga los huevos para ver a su mujer de frente. Mientras

no lo agarren con las manos en la masa, usted no hizo
nada. ¿Entiende?

Madre, no le pondré tu nombre a mi hija. Ya es bastante ser niña.

No, Evaristo, no es el niño que esperabas para dar continuidad a tu apellido maldecido.

No se llamará Enedina porque la tristeza la perseguirá por el camino.

Se llamará Sofía, silbido de viento, para que vaya y venga por el mundo.

No deja de llorar en las noches. Tiene hambre y no quiere el biberón. Quiere mi pecho, pero no quiero criarla con leche rala y agria. Se me acumula y sale. Moja mi bata y lloro.

Ana me hizo una cita con el médico para que con una píldora seque mi leche envenenada. Se quedará todo el día con Sofía hasta que tome el biberón. Salgo de la casa sola. Yolanda sin Sofía.

Regreso. La casa en completo silencio. Sofía duerme en la cuna. Ha bebido la leche de fórmula.

Ana despierta cuando empiezo a quebrar los platos, tazas y vasos en el piso.

Estoy de nuevo encinta.

Andrés Morán Montaño se aferra a mi matriz. No quiere salir de mi cuerpo pese a que, para que se vaya y deje mi vientre vacío, como estaba, cargo el tambo medio lleno de agua, lavo y enjuago tres veces la ropa y tallo el piso a cepillo arrodillada, mientras escucho el llanto de Sofía en la cuna, luego sus pasos mustios alrededor del tendedero, su primera palabra: «¡Mamá!».

Después, el llanto de Andrés desde la cuna, luego sus pasos mustios alrededor de la estufa, su primera palabra: «¡Papá!».

Derrotada, yazgo sobre la tierra húmeda, después de tirar el agua con jabón de la tina y con mis manos resecas toco mi vientre que patea mi tercer hijo, Joel Morán Montaño, por traerte de encargo no podré ir a Guadalajara al entierro de mi padre.

Algodón de azúcar

Yolanda, de haber sabido que maldecías mi sangre, que no querías tener a mis hijos, que te pesaban más que los tambos llenos de agua, aquella tarde de domingo, cuando llegaste acompañada de tu amiga Luz al auto abandonado en el que dormía, debí haberte echado a patadas. Hipócrita. Con vestido de domingo esperabas que te invitara a dar una vuelta por la cuadra. Debí haberte dicho que te fueras en vez de dejarme guiar por tus pasos. Doblamos a la derecha y caminamos hasta el parque donde se hallaban las vecinas, doña Pera y doña Gloria. Al vernos se acercaron. ¿Son novios? No, no somos novios ni lo seremos nunca. Esta mujer es una loca huérfana de madre, con un padre inútil que acababa de casarse con una mujer que invadió su casa, como lo hacen todas, con cumbias, figuras de yeso que ganó en la Feria del Algodón y una cama que en las noches no deja de rechinar.

Y lloraste, farsante, recargada en la pared de adobe de una casa abandonada y triste como tú.

Yo, embaucado, te ofrecí mi pañuelo y a pesar de que un miedo cobarde me invadió el pecho, estiré la cabeza para alcanzar por primera vez tus falsos labios. Probé tus lágrimas saladas, como tu alma. Te abrazaste a mí como enredadera en busca de asidero y sentí por primera vez el amor que nunca, nunca, bendito Dios, te confesé.

Allí mismo, aquella tarde, entusiasmado, te hablé de mis planes; construir una casa y poner un negocio.

Sí, fui el único pendejo que te ofreció una casa grande, no una chica, y supe que habías aceptado por tu leve sonrisa ladina y por el beso emponzoñado que me diste en la mejilla. ¿Que si la casa tendrá una buganvilia para ti solita?

Sí, Yolanda, es toda para ti.

Este hombre es mío

Por fin, después de dar tantas vueltas conseguí trabajo en El Rebozo, un restaurante de comida mexicana que está en el Mall de las Américas, gracias a que una amiga de mi madre me recomendó. Estuve yendo y viniendo durante una semana, buscando que la dueña del negocio me entrevistara, cosa que sucedió hasta que ella regresó de un viaje. Quedó de avisarme en unos días si me contrataba o no. Dejé el número de teléfono de la casa de mi madre, y la semana pasada ella vino para decirme que yo tenía un empleo de cajera. Tengo una semana trabajando en el turno de la mañana. Después de dejar a los niños en la escuela, tomo el autobús y regreso a la casa antes de que llegue Monchis. La hija de una vecina está con ellos hasta que llego y le advertí que por nada del mundo se lo vaya a comentar a mi marido. Todavía no se lo digo porque, no sé, a lo mejor no duro la víspera y, además, no me tiene muy contenta. Últimamente no quiere nada conmigo en la cama, lo noto distraído. Creo que anda con otra.

Sólo eso me faltaba, ahora que estoy tan estresada. El trabajo no me ha resultado fácil. Estar a cargo de dinero me pone nerviosa. Algunas veces se me ha pasado cobrar y he salido debiendo cuando la dueña y yo hacemos el corte de caja. Además, no soy muy buena para los números con todo y que use la calculadora. No veo muy contenta a mi patrona. La última vez que cobré dos platos de enchiladas en vez de uno, me alcanzó un delantal y me mandó a la cocina. Allá la cosa está peor porque una mujer regordeta se cree ama y señora de las ollas, cucharones y comales. Dice que no sé lavar bien los platos, que no sé sacar filo a los cuchillos y, lo peor, que no sé hacer tortillas de harina. ¿Quién quiere hacerlas si ya las venden hechas? Vieja complicada. Me mangonea y sólo me pone a picar tomate, chile y cebolla. Me ha dicho que la desespero con mi lagrimeo, pero no lo puedo evitar. La cebolla me hace llorar, y mucho más estos días.

Yo, tratando de ayudar para mejorar la situación económica; y Monchis de coscolino. No me consta, pero como toda esposa con dos dedos de frente, no meto las manos al fuego por él; al fin y al cabo, no deja de ser hombre. Le veo la culpa en los ojos. Los desvía cuando lo miro de frente. Esconde las manos en el pantalón cuando le pregunto en qué piensa. Ya no me cela como lo estuvo haciendo unas semanas antes. No ha vuelto a buscarme al *gym* y por la noche se hace el loco en el baño con el cuento de que está estreñido o que la comida le cayó mal, con tal de no encontrarme despierta, pero lo estoy. Lo abrazo, me da un beso y luego la espalda. Toda la noche no deja de remolinearse en la cama, tal vez porque la conciencia no lo deja pegar el ojo. El otro día se fue a dormir al sillón, con el cuento de no estorbarme. La duda me está jodiendo, sobre todo en el trabajo, donde ahora más que nunca necesito concentrarme para dejar de estar a prueba y que me contraten de planta.

Hace días consulté el asunto con mi amiga Claudia. Salí del trabajo una hora antes. La pinche cocinera se enojó porque no quise salir a tirar la basura y me despachó, amenazando que iba a contarle a la dueña que no puede trabajar conmigo porque no sirvo ni para ver quién viene. Vieja amargada. No soy su criada.

En cuanto mi amiga abrió la puerta, me preguntó si tenía problemas con mi marido.

—¿Cómo lo sabes?

—Intuición femenina.

Me hizo pasar a la cocina. Preparó café y se aseguró de que sus hijos no nos molestaran.

—Cuéntame, amiga. ¿Sabes con quién te engaña tu marido?

—No, todavía. Incluso no estoy segura de que me ponga los cuernos.

—Entonces, ¿qué? ¿Llega tarde?

—No. Sólo una vez. La semana pasada.

—¿Alguna marca en el cuello o en el pecho?

—No.

—Pues, no sé qué decirte.

—No quiere estar conmigo.

—Estará en una mala racha. Le pasa a la mayoría, pero luego se componen. Ten paciencia.

—Evita mirarme a los ojos.

—Andará preocupado por el trabajo y tú estás haciendo una telenovela.

—¿De parte de quién estás?

—De ti, claro, chulis, pero no creo que tu marido te engañe, al menos no en lo físico.

—¿A qué te refieres?

—No sé. Déjame pensar… *Okay*. Dices que sólo una vez llegó tarde, sin señas en el cuerpo de que hubiera estado con una mujer, y que desde entonces no se ha vuelto a retrasar, está retraído y te evita en la cama. ¿Estamos?

—Sí.

—Andará "volado" con alguna fulana del trabajo, pero no ha pasado de ahí.

—Monchis ya no tiene quince años como para "ilusionarse" de una cara angelical y soñar que le roza la mano.

—Tienes razón, amiga. No lo había pensado de ese modo; pero, si así fuera, ¿qué te preocupa?

—Que caiga en las garras de esa mujer.

—¡Por Dios! Suenas a telenovela chafa. No hagas drama. Mejor ponte las pilas porque si empiezas a ponerte muy digna, te lo vuelan, querida.

—¿Qué me sugieres?

—Primero, responde a mi pregunta. Es muy importante. ¿Todavía lo quieres?

—Claro, si no lo quisiera, no lo celaría.

—No, no confundas la amnesia con la magnesia. Celos los tiene cualquiera. Tenemos celos por los hermanos, por las amigas, por los padres y hasta por el perro. Puedes no estar enamorada y sentir celos, como cualquier mujer los siente ante la amenaza de otra.

—La que me está confundiendo eres tú. Estoy segura de que quiero a mi marido.

—No te enojes, chulis. Tanto insistes, que no sé si quieres convencerme a mí o a ti misma. Olvídalo. Yo te lo decía porque, de ya no quererlo, podrías aprovechar para dejarlo.

—Ni loca. Es un poco atarantado, pero lo quiero.

—Dudo que una pueda asegurar tal cosa si nada más ha estado con un hombre.

—¿Qué quieres decir?

—Supongo que después de casarte sólo has estado con tu marido.

—¿Y?

—Hay que probar más para estar completamente segura.

—¿Lo has hecho tú?

—Sí. Si mi marido me pone los cuernos, no veo por qué no pueda hacerlo yo.

—¿Y a qué conclusión llegaste? ¿Lo quieres?

—No sé.

Después de la conversación con Claudia lo único que me pareció sensato fue lo de "ponerme las pilas". Me importa un sorbete si mis celos son derivados de inseguridades, como me comentó mi amiga antes de que saliera de su casa. Voy a tomar al toro por los cuernos. Voy a enfrentar a Monchis y dejarme de "misterios". No voy a permitir que nadie me robe a mi marido, así diga Claudia que parezco una mujer cincuentona.

9

La loba

Julieta me enfrentó anoche. Con una bata muy mona que nunca le había visto, la encontré en la cama, alumbrada con unas veladoras olorosas, colocadas en el peinador. Me besó, pero de otra manera, como queriendo devorar mi lengua. Me mordió el cuello, los lóbulos de las orejas, las tetillas y luego me acarició la espalda, empezando por el cuello y terminando hasta el final de las nalgas, hurgando por ahí, preguntándome si me gustaba, pero yo estaba muy lejos de excitarme, le sujeté la mano y la hice a un lado.

—¿Y esto? ¿Dónde lo aprendiste?

Se enfureció. Se quitó el camisón rosa y se puso la bata de todos los días. Sentada en la cama, mirándome a los ojos después de apagar las velas y encender la lámpara, me preguntó si la engaño. Ya me lo esperaba. Sabía que tarde o temprano me iba a reclamar. De momento no le contesté. Me levanté y prendí un cigarro.

—Cobarde. Reconoce que me pones los cuernos.

—Como eres, juzgas.

—¿Qué quieres decir, estúpido?

—Algo ocultas. Cuando llego encuentro tu ropa de vestir, la que te pones los domingos, sobre la cama, junto con tus zapatos de tacón; y he notado que ya te vas acabando el perfume de azucenas que te regaló tu madre.

—¿Qué? ¿No tengo derecho a verme bien y a salir de vez en cuando?

—Ese es el pinche problema. Que sales "de vez en cuando".

—¿Y qué? ¿Ahora la que es infiel soy yo?

—Tú lo has dicho.

—Imbécil. Salgo en las mañanas y…

—¿Y qué diferencia hay si lo haces de día o de noche?

—No sabes lo que dices.

—Sí lo sé. Un boleto de autobús del otro lado, una salida dizque al cine con esa piruja de Claudia, varias idas de compras sin que compres nada, un corte de cabello y…

—Ya párale a tu carro. Está bien. Te lo voy a contar, pero con la condición de que me prometas que tú también te vas a sincerar conmigo.

—Estamos.

—Júralo.

—Te lo juro.

En ese mismo momento me puse yo solito la soga al cuello. Julieta me contó sobre el día de su trabajo en la casa de una tal *mister* Robertson, de sus salidas a buscarse otro jale, las vueltas que estuvo dando para que le dieran una entrevista, y sobre la vez que fue al bar con Claudia y una mentada Susana.

—¿Ves que no me equivocaba? Aquella noche me contaste mentiras y cuando llegaste, quisiste arreglarlo todo en la cama. Seguramente algún fulano te alebrestó.

—Ni que fuera gallina. Reconozco que te mentí, pero no hice nada malo. Ni siquiera llegué a ir al bar. Ya te dije que la policía nos detuvo y…

—¿Y cómo estar seguro?

—Tienes que confiar en mí.

—¿Y tú, confías en mí?

—No del todo. No me has dicho por qué ya no quieres nada conmigo en la cama.

—Ya que vuelves al asunto, dime dónde aprendiste a hacer todas esas novedades que me estabas haciendo hace un rato.

—¿Qué no entiendes que quería provocarte?

—Me asustaste.

—No des más vueltas. Es tu turno. Dime con quién me engañas.

—No te engaño, pero te voy a contar algo que me pasó con una fulana.

—Pero mirándome a los ojos.

No me quedó de otra que soltarle toda la sopa sobre Dianita, toda. Después de un silencio eterno, abrió la boca.

—No te creo.

—Ah. Ahora te vas a hacer para atrás. Yo sí te creo; pero tú a mí, no.

—Lo tuyo es diferente.

—Ah, ¿sí?

—Sí. Yo no fui a la casa de ningún "amigo" o compañero de trabajo. Además, no puedo creer que no te hayas acostado con ella.

—Te digo que no se me paró. ¡Con una chingada!

—Eso sí te lo creo. Te ha pasado otras veces, pero, y si se te hubiera parado, ¿qué?

Ah, cabrón. Me agarró en curva. Esa pregunta me la hice yo un montón de veces.

—El "hubiera" es un pinche tiempo verbal inútil. No existe. El pasado, tampoco.

—No quieras enredarme con los tiempos, que tampoco los entiendo. Con haber ido a la casa de esa mujer pasó mucho.

—No mucho, pero sí, reconozco que me dejé llevar, pero fue por necesidad.

—¿Cuál?

—Tú ya no me escuchas.

—¡Ja! ¿Ahora le vas a dar la vuelta a la tortilla y echarme a mí la culpa?

—No, pero reconócelo.

No lo hizo. Es más terca que una mula.

—¿Cómo se llama esa vieja que sí te escucha?

—¿Para qué quieres saber?

—Para sacarla del trabajo y cortarle las orejas en plena calle.

—Ya no la voy a ver.

—A otro perro con ese hueso.

—Voy a renunciar al trabajo.

Entonces sí me escuchó. Le conté que don Evaristo va a conseguir dinero prestado con un amigo para comprar la tienda que está vendiendo la Güera. Platicamos del asunto hasta pasada la madrugada. Julieta tiene sus dudas, y con razón, pues sigue la violencia en la ciudad. Pero, como le dije, nosotros estamos jugando limpio. No estamos involucrados con el narco y ahora que ha llegado el ejército, no podemos negar que la situación ha mejorado. Total, que estábamos tan cansados, que nos fuimos a la cama. Antes de acostarme tapé a Julieta con la sábana.

—¿Es bonita? —preguntó entre el sueño.

—No más que tú, mi amor. Duerme.

Se quedó dormida, pero yo no pude pegar el ojo en toda la noche. Estuve mortificado, pensando en cómo iban a ser mis últimos días de trabajo con Dianita a mi lado.

Me desvelé y preocupé en vano. La despidieron. Me cercioré cuando al llegar al trabajo, vi en la pantalla de la computadora una nota con tinta negra que decía: "A Ramón no se le para. Adiós", firmada por Dianita.

¡Pinche vieja piruja! Sentí que la sangre me hervía. Hice pedazos la nota, la tiré a la basura y me puse a trabajar, poniendo oídos sordos a los cuchicheos. Soy la comidilla de toda la fábrica. Las viejas se ríen cuando me ven pasar al baño y los hombres me miran con cara de "pobre güey". Trato de no poner atención. En una semana, ¡adiós al trabajo! De aquí en adelante todo va a cambiar. Sí, creo que Julieta me perdonó y yo también a ella. Hemos vuelto a hacer el amor como antes, sin veladoras apestosas, camisones encajosos, ni besos hambrientos. Estoy a punto de tenerlo todo; mujer, hijos, un negocio propio y, luego, la casa.

Un toque de locura

Después de que Monchis y yo nos sinceramos, y para no andar con más misterios, le conté que ya tengo trabajo en El Rebozo. También porque, como he hecho las paces con la cocinera, ahora sí creo que me van a contratar de planta. Fue cuestión de hallarle el modo a la mujer: un raspado de fresa, un broche para el cabello y un abrazo antes de salir. ¡Fácil! Pero no con Monchis. No le cayó en gracia que haya conseguido trabajo y arremetió con preguntas: a quién le pedí permiso, de qué se trataba el trabajo, dónde estaba, quién me creía. Lo paré en seco.

—En primer lugar, recuerda que después de lo que me hiciste, no tienes cara para pedirme explicaciones —le contesté mientras me limaba las uñas—. No soy tu hija para pedirte permiso. Trabajo en un restaurante que está en el Mall de las Américas. Se llama El Rebozo. Soy cajera. Y me creo una mujer de acción. Vas a renunciar a la fábrica, así que en lo que pones la tienda, no nos viene mal un dinerito extra.

—¿Qué? ¿Me vas a echar en cara "ese" asunto toda la vida?

No le contesté ni sí, ni no, pero el lío que tuvo con esa vieja todavía no se me olvida.

—¿Y tú qué?

No quería discutir.

—¿Vas a agarrarte de eso para hacer lo que te venga en gana?

Más bien me moría de ganas por contarle que logré entrar al patio trasero de la casa de don Eva. Cuando llegué del trabajo vi que el viejo cascarrabias se fue en el coche de su hijo. Aproveché para mirar a mis anchas el patio de enfrente: el cenicero en la mesita de centro lleno de colillas, las dos sillas donde él y Monchis se sientan todas las tardes, el repelente para los mosquitos a un lado de la ventana y, en lo que veía la fosa de la buganvilia, por si acaso encontraba señales de una mano, cabello o gusanos, llegaron dos niños que viven al lado y empezaron a trepar por el barandal. Iban por la pelota que se les había ido al patio trasero. Los seguí. Trepé por las rejas y me dirigí de inmediato a la buganvilia.

—¡No! —gritó el más chiquillo—. No se arrime allí, seño, que la Yolanda va a sacar la mano. Si se la lleva con ella, nosotros no la vamos a rescatar.

Los niños corrieron, y yo tras ellos. Cuando estuve en aquel patio me llevé la sorpresa de mi vida al ver la cantidad de cachivaches amontonados en aquel espacio tan pequeño: cajas repletas de ropa, zapatos, lámparas y un montón de comida en descomposición. Aquello apestaba. Cuando los niños movieron una de las cajas para sacar la pelota, salieron varios ratones y cucarachas. Todos gritamos y salimos corriendo despavoridos. Brincamos la reja y de nueva cuenta, en la calle.

Sentí mucho asco por lo que vi, un poco de vergüenza por haber entrado como ladrona y más curiosidad por Yolanda, por el viejo loco y por esa casa a la que ahora sí estoy decidida a entrar.

—Estás loca. En esa casa no hay nada "misterioso". Lo que hay es mucha soledad.

—¿Y todas esas cajas? ¿Y los ratones y cucarachas?

—El viejo no tiene quien le ayude a limpiar.

—Porque no quiere que nadie entre a su casa.

—Sí, es por remilgoso, no por otra cosa.

—¿Qué más te ha contado de Yolanda?

—Nada nuevo.

—A veces pienso que ella lo dejó. Con el carácter que se carga, sólo lo aguantas tú. Pero no sé, una mujer no deja al marido nada más porque sí. La Güera me contó que Yolanda tenía cerca de sesenta años. A su edad no creo que haya querido hacer un "cambio" de vida. Para hacer eso se necesitan agallas y un poco de locura.

—Como la tuya.

—No puedo creer que a ti no te dé curiosidad saber qué pasó con Yolanda.

—¿Qué me importa esa mujer?

—No es sólo eso, sino el poder confiar o no en tu "amigo". Si fue capaz de matar a su esposa, ¿qué podemos esperar?

—No se puede andar por la vida dudando de todo y de todos.

—¿Es una indirecta?

—No. Es una directa. La curiosidad mató al gato.

Tonto, no se acuerda que los gatos tienen siete vidas.

Estrategias de guerra

¿Otra vez la burra al trigo? Món, el viernes Higinio nos da el dinero, la Güera está que se muere, literalmente, por vender. No deje que las dudas lo achicopalen, hombre. Sé que a un tipo como usted, que no ha sabido manejar su hogar, mucho menos una empresa, le da miedo la idea de tener una tienda. Le ha de parecer toda una faena, y lo es, pero hay que ser astuto y muy mañoso. En los negocios, en la guerra y en el amor, todo se vale. Usted pone mil pretextos; que si los permisos, que si una camioneta, que si la violencia. Este país nos ha criado en la violencia. Somos sus hijos y a los que nos trata peor, nos hereda el arte de hacer la guerra, como a mí.

Ponga atención. Luego de más o menos doce años de ahorrar las propinas en la tienda del Chino, saqué del techo las latas de Jumex y las abrí. Ese día era domingo, estaba solo en la casa. Mi esposa y mis hijos habían ido al cine y aproveché para contar las monedas y billetes a mis anchas. No sabe la emoción que sentí al ver todo ese dinero junto, en montones, repartido en el piso de la cocina, una vez que hice a un lado la mesa. Lo conté varias veces de puro gusto por el olor del dinero. Sí, está sucio, lleno de microbios, ah, pero qué bien huele. Volví a guardarlo. Me iba a hacer falta un poco más para rentar un local que ya había palabreado. No estaba muy lejos de mi casa, pero para llegar allí tenía que ir en camión, porque ha de saber que cuando empecé mi negocio no tenía camioneta; y aunque la hubiera tenido, no sabía manejar y sigo sin saber. No, no, nada es un impedimento cuando uno quiere hacer empresa. Mi buen amigo Higinio me prestó el resto de dinero y alquilé el local.

Antes de abrir, mientras conseguía el equipo y acondicionaba el lugar, no podía dormir de los nervios, y así seguí por un buen tiempo, aún después de inaugurar la tienda. Todos los días, muy temprano, me subía al camión con un diablito y con un chavo que contraté para que me ayudara a bajar las cajas de verduras y frutas que compraba en el mercado. Lo demás no fue problema, los distribuidores de carnes llevan la mercancía a los negocios. En aquel entonces mis hijos estaban chiquillos y no podían ayudarme, pero en cuanto el mayor cumplió los quince, había ahorrado lo suficiente para comprar una camioneta. Le pedí a un vecino que le enseñara a manejar y con una mordida le conseguí la licencia de conducir.

Así que no me venga con pretextos. Contratamos a uno de esos chavos buenos para nada que se la pasan en la esquina, le pagamos unos pesos y nos vamos temprano a comprar la mercancía en el mercado, donde sale más barata. Yo tengo un diablito. Se lo presto. No, no, si ya verá, nos va a ir bien. Sírvame otro trago que ya me estoy animando.

De lo que me cuenta sobre su mujer, qué le digo. Por un lado, me da gusto que haya entrado en razón y lo apoye para poner la tienda; pero eso de que haya conseguido un trabajo de cajera en un restaurante, pues qué le digo, que no le haya dicho, ya usted sabrá. Déjela que se dé un quemón. Ojalá que cuando reciba una miseria por una semana de chinga, prefiera atender su casa como es debido. Algunas mujeres son tan tercas, que sólo así aprenden. En fin, no todo está tan malo. En parte nos conviene, porque mientras montamos la tienda, su mujer no se va a estar metiendo ni opinando que si así, o que si asá. Y con sus hijos, ya va siendo hora de que los saque a la realidad. En el negocio va a haber mucho qué hacer. Que ya se vayan olvidando del "Noentiendo" y muevan las manitas, barriendo o limpiando latas y hieleras.

No sabe el bien que les va a hacer, porque el hombre que sabe un oficio no se muere de hambre; son los huevones, los que traen la panza vacía, con todo y que hubieran dizque estudiado. ¡Ja! En este país, los jóvenes estudian en vano, porque cuando se gradúan de licenciados en Sociología, en Administración de Empresas o en Letras, si no tienen un buen contacto, terminan de procesadores de datos, como usted. Bueno, bueno, sí, creo que me estoy pasando de palabras y de tragos. Ya escucho los gritos de su mujer, así que jálele para su casa. Yo me quedo aquí otro rato. Ya ve que cuando traigo algo entre manos se me va el sueño.

Por una buganvilia

Yolanda, como mi amigo Món no se apareció por la tarde, agarré el rifle de municiones y me fui a dar una caminata al cerro de La Cruz. No, no tengo miedo de nada ni de nadie. Lo escondí entre la gabardina y el pantalón. Y sí, tal vez la gente que me vio por las calles me juzgó de loco, pero no me importó. Es más, ya estoy acostumbrado y hasta me siento bien.

El sol estaba por caer y el cielo se pintó de un rojo sangre. Caminé y caminé hasta dejar atrás las casas, la gente, los ladridos de los perros y llenar una bolsa de plástico con latas y botellas de refrescos que me encontré en el camino.

Llegué a la falda del cerro. Saqué el rifle y lo descansé en la tierra. Vacié la bolsa y coloqué las latas y botellas sobre unas rocas grandes, a una corta distancia, pues ya no veo muy claro de lejos.

Antes de cargar el rifle con las municiones me dejé caer sobre las piedras y te juro por mi madre que vi un papalote. Estaba justo sobre mí. Qué bonito se meneaba. Tan libre, tan enamorado, como queriendo alcanzar las nubes.

Me enderecé. Cargué el fusil y... ¡Pum!

La primera lata por una novia. ¡Pum!

La segunda por el plano de una casa. ¡Pum!

Por una buganvilia de besos pueblerinos.

Por un "Me quiero casar contigo".

Por un pobre diablo.

Y cuando se acabaron las latas y botellas,

¡Pum! ¡Pum! ¡Pum! A las liebres. A las piedras. A las hormigas. A las rocas. A los pájaros. A las nubes. Al iluso papalote.

Que ya no iré al pueblo al que después de que Joel tuvo dos años y Evaristo dinero en el banco y la cartera, iba de visita cada año.

Comprar ropa, perfumes y lociones en el otro lado.

Zapatos y sombreros en los almacenes de la ciudad.

Preparar maletas para cuatro y, sobre todo, dejar el delantal sobre la mesa para salir de la casa a la estación cantando felicidad.

Llegar al pueblo de sombrero.

Caminar por las calles angostas con mis hijos de la mano.

¡Qué lindos! ¡Sin duda son Montaño! No. ¡Son de Anza!

Apenas los veo durante los dos meses en casa de la abuela. Las tías siguen solteras. Probablemente la tía Lupe se arrepienta; de haberse casado con mi padre, Sofía, Andrés y Joel serían sus nietos. Van y vienen con ellas del monte, del mercado y del parque a la cocina, donde comen la gallina que tía Carmen ha matado con sus manos. Se pierden en la huerta, no saben del tiempo comiendo chabacanos. Se bañan en la pila y en el río.

¡Ríen! ¡Corren!

¡Somos! sin la sombra de Evaristo tras la nuestra.

Voy a Guadalajara. Hago traer el cuerpo de mi padre.

¡Que descanse junto al de mi madre!

En el panteón de mi pueblo, Alejo, con su olor a frutas de estación, está casado.

Tiene cuatro hijos y una mujer con la que vive en Guadalajara. Ha venido de visita con su madre. Pobre vieja, está enferma. Es agente de bienes raíces. Dice que puedo ser la dueña de la casa de mis padres, pero no la quiero.

Desde la sangre derramada en la baldosa no he entrado. No me atrevo.

Además, quedó intestada.

¡Qué bellos atardeceres en el parque, en el río y en San Fernando!

De la mano y las palabras de Alejo: mis ojos, más expresivos que cuando niña, mi cuerpo perfumado, más tentador que el de cualquier mujer.

Esa...

10

Flor bicolor

¡Perversa! Fuiste dos mujeres.

Una; Yolanda la decente, la que se vistió de blanco y con la que me casé una a mañana, sin importarme que el vestido llevara estampada en la orilla del doblez una pequeña mancha; la valiente que salió de su casa sin avisar a su padre que se casaba y que me siguió, yo creía que por amor, a aquel cuarto alumbrado apenas con una triste veladora; la entregada aquella noche a mi cuerpo en la cama, a la casa y a tres hijos los años que siguieron.

Otra; la hipócrita, la Yolanda que planeaba sus vacaciones anuales para irse a su pueblo, donde se olvidaba de los hijos, del marido que le entregó todo el dinero para el viaje; la libertina que le dio la mano de casada a otro; la manipuladora que ponía cara de pájaro herido para convencerme de que necesitaba distraerse; la malvada que después de cuarenta años descubrí una noche haciendo las maletas para irse.

A esta última la acabo de conocer en tu diario que guardo en el cajón de tu mesita de noche, donde también dejaste el anillo de matrimonio, un pañuelo bordado con las iniciales de ese hombre que ojalá no esté en mejor vida.

Malagradecida. Si no hubiera sido por mí, habrías seguido subsistiendo en el chiquero con el huevón de tu padre y tu puta madrastra, trabajando de mesera en cualquier restaurante de mala muerte, viviendo en las casas chicas que te ofrecían los tipos trajeados, vistiendo los mismos trapos descoloridos y llevando la misma vida que tus pinches hermanos inútiles.

Ingrata. Te di todo: casa, apellido y dinero para esos viajes. Florentina hubiera cambiado su vida por la tuya. Me hubiera gustado que vieras sus ojos celosos cuando le contaba que te fuiste al pueblo de vacaciones con mis hijos, que te conseguí una lavadora nueva, que estaba ahorrando para comprarte unos aretes de rubí.

Sí, cuando te ibas al pueblo pasaba más tiempo con ella. Comía en su puesto y también dormía en su cama, donde no existía el "no". Ahora que estamos jugando a las verdades te lo digo sin que me remuerda la conciencia. Y de ese tipo del que no quiero pronunciar el nombre, déjame decirte que si no fuera porque no quiero ensuciarme las manos, yo mismo hubiera ido a buscarlo para partirle la madre por ocupar mi lugar dos meses al año. Lo estrangularía; y a ti, con más ganas.

Por tu culpa, la araña que tengo en la cabeza se despertó. Acaba de extender su aguja hasta el corazón.

Qué bonito es Chihuahua

Como habíamos quedado, ayer viernes llegué por don Evaristo para ir a la cantina a buscar a Higinio. En cuanto abrí el barandal me di cuenta de que ya traía sus copitas; echaba padres y madres y maldecía frente a la buganvilia. No me dejó entrar. Enseguida sacó el llavero y cerró el candado. Como lo noté de pocas pulgas, en el camino no hablé de la tienda, sino de las flores. Sí, de las flores. Con nadie más puedo hacerlo. "Que un hombre no habla de flores, que es cosa de mujeres", dicen. No es cierto. A Julieta no le gustan. Cuando he comprado nunca se ha ocupado de regarlas. No le interesa saber cómo se plantan, si las hortensias necesitan la sombra; los geranios, el sol; y que las margaritas hacen buen contraste con las rosas rojas. Don Evaristo y yo estamos de acuerdo en que todo esto hace que una casa se distinga. A mí me da orgullo que mis hijos les digan a sus amigos: «Mi casa es la que tiene la maceta de geranios en la entrada», aunque ya dejaron de hacerlo porque el otro día se la robaron, junto con la manguera.

Llegamos a la cantinucha apestosa. Al entrar vi a la mujer de la otra vez. Le saqué la vuelta. Pasamos por la orilla del lugar hasta el rincón, donde se encontraban Higinio y sus amigotes. Tomamos unos tequilas para entrar en calor, aunque yo ya me estaba derritiendo, tal vez de los nervios. No me cuadraba hacer un trato de dinero en una cantina de mala muerte; como están las cosas en la ciudad, uno tiene miedo hasta de su sombra.

De entrada, no tocamos el asunto. En eso ya habíamos quedado el viejo y yo. Esperaríamos a que Higinio nos diera una señal. Así que hablamos, o más bien hablaron, como siempre, de sus tiempos. Pobres viejos. Me dieron pena. Atrancados en el pasado. No están aquí. Tienen la mirada hundida en un baúl, como buscando un botón perdido.

Cuando empezaron a jugar cartas, Higinio nos invitó a pasar a sentarnos a otra mesa. Sin más, el hombre habló sobre el préstamo, dirigiéndose a mí:

—Si le presto el dinero es sólo porque este güey responde por usted.

—Sí, sí. Entiendo —contesté como niño cagón—. No se preocupe, la cantidad que me entregará hoy, se la pagaré en cuanto pueda.

—¿Cómo cree que le voy a dar el dinero aquí? No, hombre. Se ve que es ingenuo y que no ha aprendido nada del Venado. Le pedí a este güey que lo trajera para apalabrar el asunto cara a cara. Tome en cuenta que soy hombre de honor, como los de antes, y no espero menos de usted. Así que venga esa mano y cerramos el trato.

Le di la mano y en ese momento le hubiera dado hasta el pie. Higinio quedó de entregarnos el dinero poco a poco, en su casa, y nos recomendó que lo escondiéramos muy bien.

—Para eso me pinto solo —opinó don Evaristo.

Higinio le dio una fuerte palmada en el hombro y, pues, brindamos. Don Evaristo quiso aprovechar la ocasión para jugar cartas. Le recordé que teníamos que regresar temprano.

—¿Tenemos? Suena a manada.

Tuve que esperarlo; y para cuando le dio la gana irse, los dos estábamos bien borrachos. Caminamos por las calles oscuras, casi vacías, rumbo a la estación de autobuses. Cuando llegamos, don Evaristo se subió al camión equivocado.

—Bájese. Este no es el nuestro.

—Sí lo es.

—No. Ande. Baje y vámonos a la casa —le rogaba yo viéndolo desde afuera asomado a la ventanilla.

—¿A la casa? No, hombre. Súbase. Antes vamos al *Hoy Mart* para enseñarle algunas mañas.

¡Qué viejo! Es más terco que mi mujer. Subí al camión para traerlo conmigo.

—Otro día vamos.

—¿Otro día? Se ve que no es hombre de empresa. Las cosas importantes de la vida se hacen en caliente. No "otro día", como los huevones. ¿Está seguro que no nació en el sur?

No le contesté. Lo tomé del brazo y lo jalé.

—No me bajo. Deje de tratarme como un crío. Irrespetuoso.

En esas estábamos, metidos en un alegato que los pasajeros seguían con atención, cuando el chofer intervino:

—O se aplacan o los bajo a patadas, par de borrachos.

Nos aplacamos. Subió el volumen de la radio y arrancó el camión. Me senté al lado de don Evaristo. Me daban ganas de darle un coscorrón por caprichudo, como hago con mis hijos. En eso empezó a cantar la canción que sintonizó el chofer. *"Yo soy del mero Chihuahua, del mineral de Parral y atiendan este corrido que alegre vengo a cantar, qué bonito es Chihuahua"*. Cuando terminó, le dije que ya no eran horas de andar en la calle.

—El *Hoy Mart* abre las veinticuatro horas del día. Por eso tiene éxito; pero ya verá, Món, le voy a demostrar que usted puede con ése y muchos *Hoy Mart*.

Llegamos. A esa hora no había tanta gente. Don Evaristo se me adelantó. Tomé un carrito y lo alcancé.

—No venimos a comprar nada. ¿Para qué el carrito?

—Ya ve, la costumbre.

Empezamos el recorrido por la zona de frutas y verduras.

—Nosotros venderemos sólo lo indispensable, lo que la gente del barrio puede comprar. Estas tiendas compran al mayoreo, por eso pueden vender a precios más bajos. No se le olvide.

—Ya lo sé.

Seguimos caminando por los pasillos del supermercado. Don Evaristo adelante, señalando eso y aquello; y yo, siguiéndolo. Vueltas, pasillos, letreros, más vueltas, más pasillos; la voz de don Evaristo como un disco rayado y yo en la rueda de la fortuna. De pronto ya no lo escuché. Se me perdió o yo me le perdí. El caso es que seguí dando vueltas con el carrito, pasando de largo las cajas de galletas Marías, las bolsas de jabón Blanca Nieves, los racimos de plátanos, papas fritas, salsa Valentina, hasta que de repente vi las luces del techo. Me dejé caer en un costal de fríjoles. Uno de los empleados me encontró y llamó al guardia de seguridad. Como pude, les expliqué que estaba buscando a mi abuelo. Me llevaron al servicio al cliente y una mujer cachetona voceó a don Evaristo.

—Don Eva, don Eva, en la recepción lo espera su nieto Ramón.

Pasaron unos minutos. Estaban a punto de echarme, cuando el viejo apareció con la cara de energúmeno.

—Vámonos, rajón. —Y me tomó del brazo como a un niño que acaba de hacer una travesura.

Afuera encendió un cigarro y me dijo de todo, hasta de lo que me iba a morir.

—Esto no se lo voy a perdonar nunca. Con que su abuelo, ¿eh?, con que don Eva. Ya le he dicho que a más de tres les rompí el hocico por…

—Sí, sí. ¿Y qué, me lo va a romper a mí?

—Me canso que sí. —Y soltó un puñetazo que esquivé.

—Cálmese. Tuve que llamarlo así para que apareciera usted más pronto y funcionó. Ahora, vámonos.

Lo tomé del brazo y por su pedido alcanzamos un taxi.

—Ahora sí la tengo buena: Julieta, o me mata, o me deja.

—Se me olvidaba que ando con un mandilón.

—Y usted, ¿qué? No tiene pantalones para tomar un camión rumbo a Jalisco y traerse a su mujer.

Don Evaristo tragó saliva. Bajó la ventanilla del taxi y encendió otro cigarro.

—Usted qué va a saber.

—Pues, dígame.

—A mí no me abandona una mujer, mucho menos la mía, antes…

—¿La mata?

—No ponga palabras en mi boca, pero ya que lo dice, a lo mejor sí. ¿Cómo la ve?

No dije nada. Me quedé tan helado, que la borrachera se me esfumó. El resto del camino don Evaristo se recostó en mi hombro, haciéndose el dormido para que no escuchara sus sollozos. Pobre viejo. Sé que carga con algo muy pesado. En una de esas sí la mató, pero no soy nadie para juzgarlo por algo que no me consta. Lo único que me queda es acompañarlo en su pena, sea cual sea.

El Venado

No diga que nuestra noche de ronda fue un fracaso, Món. Usted es un fracaso con patas. Tan grandote y no aguanta la tomada. Cuando salimos de la cantina yo estaba tan fresco como una lechuga, por eso me animé a ir al *Hoy Mart,* para enseñarle ciertas mañas que todo negocio de éxito exige. Mire, ahora que hizo trato con Higinio, debe poner toda su energía y atención en la empresa. Si sigue mis consejos le aseguro que vamos a pegar, y duro. Espabílese. Deje el cigarro a un lado y tome nota en este cuaderno que me encontré en la cocina.

Primero, hay que hablar con la Güera antes de que se nos vaya a dar cuentas a San Pedro, para ver si acepta que le demos un adelanto. Ya calculé la cantidad total que le vamos a ofrecer, pero dejemos que sea ella la que ponga la cifra y luego, a regatear, como en todo. El dinero que nos quede lo usaremos para surtir la tienda con mercancía. Conozco repartidores, puedo hablar con ellos para que nos den buenos precios. Recuerde que en las tiendas de barrio la gente compra lo básico: verduras, frutas, latas, fríjol, azúcar. Ah, no pueden faltar los pañales desechables por montones porque, como usted debe saber, las mujeres de ahora son capaces de dejar la mesa sin tortillas antes que lavar frazadas. No puede faltar la carne. Conozco a un buen distribuidor que vende reses de calidad. Si no tenemos dinero, nos puede fiar. Le recuerdo que hay que ser pacientes. En las primeras semanas no hay mucha venta. La gente tiene que acostumbrarse a comprar en nuestra tienda y para eso hay que darles buen trato, "el cliente siempre tiene la razón", dicen, aunque no siempre. Más bien hay que buscarles el modo para que se vayan contentos y no se den cuenta de que en cada kilo de carne hay en realidad novecientos gramos. ¿Que no se vale? ¡Ja! Lo hacemos todos y no se preocupe por Hacienda, siempre hay maneras de arreglarse con ellos cuando vienen a revisar la báscula o cuando le piden las cuentas. "Con dinero baila el perro", tampoco se le olvide. Por último, hay que pensar si queremos vender cerveza, porque de ser así, debemos comprar el permiso. Creo que eso lo dejamos para después, cuando recuperemos algo de dinero, pero definitivamente la vendemos porque es lo que deja más ganancia. Cuando se trata de cerveza, los hombres son peores que las mujeres con los pañales, son capaces de dejar la mesa sin tortillas, sin fríjoles y sin manteca.

¿Que le parece muy complicado? No le digo, usted debería llamarse don Quejumbres. Oiga, antes de que le grite su mujer, dígame: ¿ha pensado en un nombre para la tienda? Porque hay que cambiárselo. "La Estrella" es muy cursi. Yo había pensado en ponerle "El Venado". ¿Qué le parece? No, no tiene que decidir ahora, píenselo, pero tome en cuenta que hay que ser originales y, pues, por los alrededores no hay tiendas con ese nombre. Ándele a su casa, ya le está gritando su mujer. Deje aquí el cuaderno, no vaya ser que su esposa lo examine y empiece a comentar. Yo me voy a dormir. No me siento bien.

Primera tarde con Alejo, estuvo llena de recuerdos.

Salgo de la escuela abrazando el cuaderno con el brazo izquierdo. Mi mano derecha guía los pasos tímidos de mi hermano Julio. Son las tres de la tarde.

Empieza a llover.

Nos refugiarnos del aguacero en la tienda de don Rómulo.

El aroma del café se despierta con la humedad.

En los labios de mi hermano se adivina un plato de sopa.

Tus ojos, Alejo, detrás del mostrador.

Me sonríes, como recordándome que en el recreo me regalaste un caramelo.

La lluvia cesa.

Guardo el cuaderno bajo el suéter rojo, el que me trajo mi padre del norte, el que me pongo a diario para ir a la escuela, el que te gusta, ¿no es cierto?

Julio vuelve a darme la mano. Cruzamos la calle de la Paz. Doña Eduviges nos saluda desde la ventana. Doña Martina nos dice adiós desde el portal y su marido nos pregunta cuándo vuelve nuestro padre. Regresará en cuatro meses, cuando ya mi madre haya dado a luz a Bernardo.

Ya divisamos nuestra casa.

Ah, te acuerdas. Me seguías.

¿Sentiste mi corazón dar un vuelco?

Cuando en eso veo a mi abuela saliendo de mi casa, a mis tías entrando y las vecinas llegando.

El cuaderno se me cae en el momento que suelto la mano de Julio.

Ambos corremos para alcanzar a la abuela. Nos abraza y llora, llora mucho, tanto que no puede hablar.

Tiene las palabras ahogadas.

Se enreda el rebozo, se va, nos deja a media calle, con el miedo en los ojos.

¿Lo viste?

Corro a la puerta de mi casa. Entro. Me cuelo entre las vecinas y llego a la pieza de mis padres.

Sábanas, sábanas, sábanas empapadas de un nacimiento.

Del colchón aún caen gotas de parto sobre la terracota del piso.

La sangre corre hasta la guitarra vieja de mi padre.

Mi madre no está, ha muerto, se apagó al dar a luz.

El recién nacido llora en la cuna. Sus padrinos se lo llevan a su casa. Se llevan a Bernardo envuelto en la colcha que mi madre terminara de tejer la semana pasada. Es de color amarillo, parecida a la de Ana, Ana, Ana llora de hambre en la misma cuna. La cargo, la arrullo mientras mis tías y las vecinas van y vienen de la pila con baldes de agua.

Lavan las sábanas, el piso, el colchón. Me voy con la niña a la cocina.

El fogón está apagado. Antonio y Julio; sentados a la mesa, comparten en silencio un pedazo de pan salado y duro.

Gabriel juega a la ronda en el zaguán con los niños de las vecinas.

Enciendo el fogón. Un atole y una sopa para mis hermanos huérfanos.

Comida sazonada con lágrimas de madre prematura. Lloro por primera vez la muerte de mi madre en los brazos tibios de Alejo Villanueva.

La danza de la muerte

Monchis me pidió perdón por haber llegado de madrugada. Yo, ni me enteré. Estaba muy cansada. Ya le agarré el modo a la caja registradora y a la calculadora; y si hay muchos clientes, también despacho la comida. Antes de salir le ayudo a la cocinera gordita a lavar las ollas y entrego cuentas claras a la patrona. No me paga mucho, pero al cabo que ya no tengo tanta urgencia por juntar dinero. Conque ahorre lo suficiente para acompañar a mi madre a Teocaltiche; su tía-abuela está muy enferma y quiere que los niños y yo vayamos con ella a verla.

—Sí, sí, —le dije—, te perdono, Monchis, siempre y cuando me ayudes con el quehacer de la casa. Con que laves los platos de la cena, los seques y los vuelvas a poner en su lugar, me conformo. —Me urgía contarle que esa misma madrugada murió la Güera.

—¿Y ahora qué hacemos? —preguntó con tono alarmado, cerrando al mismo tiempo la llave del agua.

—Ir al velorio.

—Qué hacemos con la compra-venta de la tienda, sonsa.

—No me insultes. Insensible. Mira que Dios nos va a castigar más.

—No me digas que no pensaste en lo mismo que yo.

—Fíjate que no. Ya luego verás cómo haces.

—¿Luego? No. Hoy renuncié al trabajo.

—¿Qué? ¿Cómo? —le pregunté levantándome del sillón.

—Como lo oyes.

—Bueno, ya lo tenías planeado.

—Termina tú con los platos. Voy a contarle todo a don Evaristo.

Me dejó con la palabra en la boca. Ay, Monchis tan arrebatado. Ya no pude contarle los detalles. En la mañana, después de dejar a los niños en la escuela y antes de irme a trabajar al Rebozo, Claudia y yo platicábamos en la esquina de La Estrella sobre la noticia de último momento: que uno de los puentes más transitados de la ciudad amaneció con un "adornito"; la cabeza de un cerdo con un lazo, colgada de los barrotes de la baranda, tirando gotas de sangre sobre los coches. ¡Qué horror! Gritamos las dos al mismo tiempo y en eso llegó la ambulancia. Los vecinos empezaron a amontonarse frente a la tienda. «Ya murió la pobre Güera». Nada qué hacer. Claudia y yo nos despedimos. Le pregunté si íbamos juntas al velorio.

—No voy a poder ir, amiga. Los técnicos quedaron de venir mañana a arreglar el cable del teléfono y tengo que estar al pendiente todo el día.

Mentirosa. Yo sí iba a ir.

Monchis regresó de la casa de don Eva en pocos minutos y con cara de pocos amigos.

—¿Qué pasó? Pensé que tardarías más. ¿En qué quedaron?

—En nada. El viejo no abrió la puerta. Ya debe estar dormido.

—O bailando la danza de la muerte con el esqueleto de Yolanda.

—Ya déjate de estupideces. No está el agua como para chocolate.

Apagó la luz, encendió un cigarro y se sentó en el sillón, muy pensativo.

—¿Me acompañas mañana al velorio de la Güera?

—¿Eres o te haces? ¿No te das cuenta de la presión que tengo? Déjame solo.

Me fui a acostar. Nunca había visto a Monchis tan preocupado. Me contagió la inquietud. No pude dormir. Como ya tiene quien le preste dinero para comprar la tienda de la Güera, tengo algunos planes: dentro de poco renunciaría a El Rebozo para ser la cajera de mi propio negocio. ¡Uy!, qué bonito suena. Inscribir a los niños en escuelas particulares. Comprar la bolsa que vi el otro día en el aparador, junto con el par de zapatos que hacen juego. Y pagar a una mujer para que limpie la casa, lave, planche la ropa y cocine. ¡Qué emoción! Si todo sale bien, ya no vamos a California. ¿Ya para qué? Y ahora viene Monchis a desanimarme, ¡no! Yo confío en que don Eva encontrará una salida, por algo le dirán El Venado.

11

Doctora corazón

Llegué a la funeraria Del Valle al mediodía. Cambié el turno en El Rebozo para la tarde y le encargué a Monchis que cuidara de los niños todo el día. Con eso de que ya no trabaja, que haga algo de provecho. Ahí estaban María, la de la tortillería; doña Cata, la del puesto de ropa usada; y Beatriz, la de la farmacia. Me senté junto a ellas. Las tres vestidas de negro, lloraban y creo que lo hacían de verdad, no por quedar bien. Estas mujeres realmente sentían la muerte de su amiga y les preocupaba el porvenir de los huérfanos. El lugar se fue llenando de a poco, aumentando así el calor, pues el aire acondicionado no servía. Como doña Cata y doña María andaban ya con los síntomas de la menopausia, se salieron a la calle para comprar un agua fresca. Beatriz y yo seguimos platicando.

En realidad, era la primera vez que platicaba con ella. Fui a su farmacia algunas veces, pero siempre de corridito, para comprar medicamentos para la tos o el resfrío. Ella está allí a diario, de lunes a domingo, siempre con una sonrisa y actitud amable. Me pregunto cómo hace esta mujer para mantener el buen ánimo. Tiene tres hijos de diferentes edades y un marido muy fregón, según doña Cata. Aquella mañana, vestida de negro y sin una gota de maquillaje, Beatriz daba el aspecto de monja enclaustrada. En un dos por tres la puse al tanto de mi vida. Le conté brevemente mi incidente cuando fui a trabajar al otro lado y luego le platiqué sobre mi nuevo trabajo en El Rebozo.

—Qué bien, Julieta. Espero que en este trabajo le vaya mejor.

Cuando Beatriz hablaba, me parecía escuchar a una actriz de telenovela. Le pregunté qué sentía al perder otra amiga.

—Me siento muy triste cada vez que una amistad se va, pero a la vez entiendo que el sufrimiento es pasajero. Hay que vivir el presente, con todo lo que éste nos traiga y, cuando las personas se tienen que ir, no sirve de nada poner resistencia, hay que dejarlas marchar libremente y guardar muy dentro de uno los momentos vividos con ellas.

Ay, Dios. Beatriz debería escribir libros espirituales y poner un consultorio en su farmacia con el letrero de "Doctora Corazón". Aproveché que tocamos el tema de la amistad, de la pérdida y del sufrimiento, para preguntarle por Yolanda.

—Disculpe, Julieta, pero como ya sabe, no gusto de hablar de otras personas, mucho menos de mis amistades.

—No le estoy pidiendo que me dé detalles de la vida de Yolanda. Sólo…

—¿Qué quiere preguntarme que no sepa?

—No sé… si Yolanda murió o simplemente se fue.

—¿Qué importa? Tal vez no hay diferencia.

—Sí, sí la hay: o está viva o está muerta.

—Dígame, Julieta, ¿a qué se debe su interés en Yolanda si usted no la conoció?

Ah, caray. Beatriz me agarró de sorpresa. De momento me quedé callada. Esa pregunta me la estuve haciendo y aún no tenía respuesta y se lo dije.

—No se preocupe. Tal vez sea usted una mujer sensible.

—Mi marido opina lo contrario. Dice que soy una chismosa.

—Lo que debe sucederle es que, de alguna manera, usted se identifica con la imagen que ha construido de Yolanda. Tal vez le atrae el misterio que hay en torno a su persona. Sobre todo, le ha de interesar el por qué se fue y eso, que le atraiga, no es malo, al contrario, como le dije, demuestra que usted es sensible.

Beatriz me dejó en las mismas con tanto palabrerío y creo que lo notó.

—Las mujeres tenemos un sexto sentido, pero no todas lo desarrollamos. Casi me atrevería a decir que su empeño por saber qué pasó con Yolanda tiene qué ver más con usted que con ella.

—No la entiendo.

—Es usted quien tiene uno o varios asuntos por resolver. Por lo tanto, la imagen de Yolanda es un desdoblamiento de personalidad.

—Tal vez tenga usted razón, Beatriz —le contesté siguiendo su modo de "Doctora Corazón"—, pero sólo contésteme esta pregunta: ¿de dónde es o era Yolanda?

—Ella nació en un pueblo de Jalisco.

—¿Dónde exactamente?

—¿Para qué quiere saber?

—Esto sí es por mera curiosidad. Dígame, ¿qué le cuesta?

—Está bien, Julieta. Se lo voy a decir: Yolanda nació en Encarnación de Díaz, un pueblo en el Estado de Jalisco.

Enseguida me despedí de Beatriz. Tenía que estar en mi trabajo a las tres. Quedamos de ir juntas a la misa que ofrecerían el siguiente día para el descanso del alma de la Güera. Me encaminé a la estación del camión repitiéndome las palabras "desdoblamiento de personalidad". No tengo idea qué quiso decirme Beatriz con eso, pero obtuve la información que quería. Si mal no recuerdo, ese pueblo, Encarnación de Díaz, queda cerca de Teocaltiche, donde nació mi mamá. Sí, cuando vaya con mi madre a visitar a su tía enferma voy a buscar a Yolanda y de esto, ni una palabra a Monchis.

Veo llover tras la ventana.

La lluvia cae sobre las ramas secas de los árboles, resbala por los troncos, llega a la tierra,

corre a la huerta de la abuela donde yacen los ombligos de los hijos de mi madre.

Ella los sepulta para que regresemos a donde se nos concibió.

La luz no le alcanzó para enterrar el de Bernardo. La partera se llevó el ombligo de su hijo menor que no conoció. Tal vez por eso mi hermano murió.

Es de noche. Reconozco los pasos de mi padre que viene del norte, se encamina a la cocina. Me levanto a tientas. Me asomo por entre la rendija de la puerta que da a la pieza de mis padres. Entra y va a la cuna vacía. Levanta la manta de la cama. Descubre a tía Lupe. «¿Y Enedina?». «No está, Fernando, se nos fue al dar a luz».

Sale de la pieza. En silencio camina alrededor del zaguán.

Da una vuelta, luego otra y otra, hasta detenerse frente a la buganvilia.

Troza una flor, luego otra y otra. Sigue con una rama, otra y otra.

¡Enedina! ¡Enedina! ¡Enedina!

Amanece. Mi padre encerrado en su pieza. No quiere abrir la puerta.

Los días pasan.

«Fernando se ha vuelto loco».

Me asomo por la rendija de la puerta; mi padre destroza la mecedora contra la pared.

«¡Dios, te maldigo en tu nombre, en el de tu hijo y en el de tu maldito espíritu santo!

¡Por tu culpa, por tu culpa, por tu puta culpa!

¡Padre siniestro, lárgate a tu cielo, quédate con nuestro pan de cada día y no me perdones la ofensa, así como yo no te perdono la tuya!

¡Sigue haciendo tu puta voluntad, amén!».

Papá, papá, ábreme, soy yo, tu hija, Yolanda. Ven papá, para abrazarte, para abrazarnos, para llorarnos, para arrullarnos, para dormir hasta otro día, para despertarnos, para tomar canela, para irnos juntos a la huerta y me ayudes a encontrar mi ombligo.

Dentro de poco ya no escucharé a Evaristo toser en su recámara.

Hoy beberé canela tras la ventana cubierta con la lluvia serena de este invierno.

Hoy tengo mucho frío.

La Catrina

Con que vino a buscarme y no le abrí. Me acosté temprano, Món. Últimamente no ando bien. Siento una opresión en el pecho y un dolor de cabeza que no se me quita con nada. ¿Que si voy a ir al doctor? Sí, ya hice una cita, pero me la dieron hasta la semana que viene. Por mientras, ahí la iré llevando. Con que ya dejó el trabajo. Pues, qué le digo. Me parece apresurado. ¿Por qué no me consultó? En fin, lo hecho, hecho está. Sí, ya sé que la Güera estiró la pata. No se apure. Al día siguiente fui a la casa de la difunta. Me atendió la hermana. Le conté sobre nuestras intenciones de comprar el negocio y la mujer ya estaba enterada de la compraventa del negocio. La Güera le dejó instrucciones para vender. Así que ni tardo ni perezoso, a pesar de no sentirme bien, fui a la casa de Higinio por una parte del dinero. De haber sabido que usted ya no trabaja, lo hubiera convidado a ir conmigo. Esa cantidad se la di a la mujer como anticipo. Me firmó un recibo. Lo tengo guardado. Luego se lo enseño. En cuanto termine el novenario para su hermana, vamos usted, yo y ella con un notario a hacer el trato legalmente. ¿El resto del dinero? Luego, con eso de que no está trabajando, no le vaya a dar por empezar a pellizcar. Por lo menos su mujer tiene un trabajo, y pues, con eso la pueden ir pasando estos días. No creo que le incomode que su mujer lleve el pan a la mesa, ya está usted acostumbrado a que le ayuden a llevar el barco. Yo me encargo de guardar el resto del dinero y, no se apure, claro que le voy a decir dónde lo voy a esconder. Ya ve, uno nunca sabe cuándo se lo va a cargar la chingada. Pero no ahora, le digo que no me siento bien. Lo dejo, voy a dormir.

Mujer en la luna

Yolanda, por un tiempo creí que mis hijos no me procuraban debido a sus ocupaciones, pero ahora estoy seguro que no es por eso, sino porque están llenos de rencores, esos que tú les inculcaste haciéndote todo el tiempo la sufrida. Por tu culpa, por acapararlos y por heredarles en la sangre el menosprecio por la vida, no se dieron cuenta, ni ahora, que di todo por ellos. Por tu culpa, ellos cometen el pecado de juzgar a su padre.

¿Con qué cara me reprocharon una vez, tú, Andrés y Joel, de tratarlos con mano dura? De no darle fuerte a Andrés con el palo cuando me robó dinero de la caja, hoy sería un delincuente. Y Joel, si no lo hubiera traído a patadas de la tienda donde se juntaba con aquel grupo de mariguanos a jugar videojuegos en vez de ir a la escuela, ahora no tendría un título que le permite ser gerente en una fábrica.

Sofía, es otro cantar. A esa muchacha, como a ti, nunca la entendí. Tan modosita, tan apartada y silenciosa. Siempre estudiando, refugiándose de no sé qué en aquella pila de libros que le volaban la cabeza. A ella sólo una vez le puse la mano encima. Le volteé la cara de una cachetada una noche que llegó tomada y, aunque ni ella ni tú lo entendieron, de no haberla reprimido, andaría hoy como anduvieron mis hermanas, o como tú. Libertina. Se fue en cuanto terminó su carrera en Letras y desde entonces no sé nada de ella. Tengo su teléfono, pero no le hablo. Ella se fue, ella tiene que llamar. Es obligación de los hijos procurar a los padres y no al revés.

Pero ahora caigo en cuenta que tú pusiste a mis hijos en mi contra, porque otro de los tantos reproches que me han hecho es que no traté a su madre como era debido. Ignorantes, desagradecidos, deberían saber que su madre no fue una santa paloma. Pero no, no te apures, no les diré nada. Y no lo hago por ti, sino por ellos, aunque no se lo merezcan. No vengan. No me llamen. No los necesito.

Me quedo con los días en que salía de la tienda del Chino con tres chuletas escondidas en mi chamarra para que cenaran como Dios manda. Con las veces que fui a comprarles zapatos para que llevaran el uniforme completo a la escuela. Y aquella Navidad en que pude comprarles una bicicleta de segunda mano para los tres, al igual que los columpios y la casita que le construí a Sofía con la madera que me regaló Zenaido. Me quedo con sus fotografías donde aparecen sonrientes, con la barriguita llena. Me quedo con el eco de las risas que dejaron en la calle, jugando a la ronda con los vecinos y los primos, mientras yo los miraba satisfecho, sentado en el piso frente a la casa después de una jornada completa de chinga, tomándome una cerveza para calmar la sed y el calor del verano. Y todo para que no sufrieran lo que yo. Porque, aunque sólo llegué a segundo de primaria, tenía una idea clara de la vida: en mis manos estaba cambiar el destino que Dios dispuso para mi estirpe, y lo hice. ¿Presumías en tu pueblo de tus hijos? ¿Te sentías muy orgullosa de tus tres críos? Pues debes saber que fue gracias a mí.

Porque tú, que aquella noche que hacías la maleta para abandonarme me reprochaste haberte convertido en un mueble más de la casa, porque según tú me importaban más los hijos y el dinero, porque no te llevaba a bailar, no iba contigo a ver la película que tanto deseabas o no te acompañaba a las fiestas de amigos y familiares, te digo que no me arrepiento. Una mujer como tú, que urdió un plan maléfico en mi contra por tanto tiempo, y que empezó el día en que, en vez de enterrar los ombligos de los hijos en el jardín de la casa los quemaste y tiraste las cenizas al viento para que no regresaran, para que me dejaran completamente solo después de que te largaras a tu pinche pueblo, no mereces compasión ni respeto.

En realidad me abandonaste hace mucho tiempo, cuando me dio por leer en las noches, esperando en vano a que terminaras de bañar a los hijos para que vinieras conmigo a la cama. Terminaba por dormirme. Perdí la cuenta de las noches sin tu cuerpo, de las mañanas sin tu rostro en la almohada, porque ya estabas en la cocina preparando avena para los niños y, a escondidas, en esa mente retorcida, también pensabas en tus encuentros con ese hombre cada verano, planeando, al tiempo que doblabas la ropa, el próximo viaje. En aquellos años, a pesar de tener una casa con olor a avena, tres niños corriendo por el patio y una mujer con la cabeza en la luna, me sentía más solo y abandonado que cuando dormía en la calle.

Lárguense todos. No me importa estar solo con esta puta araña.

Cuando el gato no está

Don Evaristo sufrió un ataque cardiaco el domingo por la tarde. Julieta, los niños y yo estábamos en la casa viendo "El rey león", cuando escuchamos la ambulancia. Julieta se asomó por la ventana y dijo que se estacionó frente a la casa del viejo. Los dos salimos de inmediato. Nos abrimos paso entre la gente que empezaba a amontonarse y logramos entrar hasta el porche. Me aseguré de cerrar el barandal con el candado, preguntándome cómo era que estaba abierto, para que los fisgones no pudieran entrar, pero tuve que abrir enseguida, pues dos enfermeros salían de la casa con don Evaristo en la camilla, con un montón de tubos que parecían protuberancias que escapaban de su cuerpo y cubierto con una sábana. Pensé lo peor.

—¿Está muerto?

—Paro cardiaco. —Y se encaminaron a la ambulancia.

Sin pensarlo dos veces, subí con él, alegando que era su hijo. Antes de arrancar le di instrucciones a Julieta.

—Entra. Busca las llaves de la casa y cuida de cerrar bien todas las puertas.

Pobre viejo, ahora sí se amoló; y yo junto con él, pues no pude evitar pensar en que el asunto de la tienda quedaría pendiente hasta no se sabría cuándo. En el hospital, mientras esperaba, me comía las uñas de imaginarlo en el quirófano con la vida en un hilo. No tardaron en llegar los hijos, Andrés y Joel. Seguramente don Evaristo tuvo el tiempo suficiente para llamar a la ambulancia y a uno de ellos. Tal vez hasta pudo haber abierto el candado él mismo. Me presenté con ellos y los puse al tanto. De momento no había otra cosa que hacer más que esperar a que el doctor terminara la operación. Como ninguno de los dos hizo por conversar, salí a la calle para fumarme un cigarro.

No se veía mucha gente. El hospital al que lo llevaron era privado, por suerte, porque de haberlo llevado al Hospital General, se nos hubiera ido a mejor vida en la sala de espera. En estos tiempos, los heridos o asesinados llegan a ese sanatorio público por montones, junto con sus respectivas familias y amigos, y atrás vienen los sicarios que se cuelan entre el gentío para asegurarse de rematar a sus víctimas.

Regresé a la sala de espera y me senté un poco alejado de los hijos de don Evaristo. Para ese tiempo se encontraban con ellos dos mujeres, me imagino serían sus esposas, y dos muchachos, seguramente sus hijos. Todos platicaban amenamente, cuando el doctor salió y se dirigió a ellos. Me acerqué para escucharlo: «Su padre sufrió un infarto miocárdico. Una arteria sufrió un espasmo y esta parte del músculo cardíaco no recibió la cantidad suficiente de sangre oxigenada. Como no llegó a dañar más de dos centímetros, se le realizó una angioplastia. Con anestesia local en la ingle, se le introdujo un catéter por una arteria de la pierna hasta la zona obstruida para ensancharla. Ahora necesita recuperarse y llevar un seguimiento médico posterior. Tiene que ir a mi consultorio con cierta frecuencia para realizarle electrocardiogramas y pruebas de esfuerzo».

Las palabras del doctor fueron suficientes para que yo me fuera a mi casa más tranquilo. Me despedí de la familia y salí de la sala, escuchando tras de mí sus opiniones y comentarios: «Debe dar gracias a Dios que el doctor pudo destaparle las arterias». «Se va ir a mi casa mientras se recupera. Nada de volver a fumar».

Cuando llegué, Julieta me esperaba todavía despierta y muy alborotada. Quiso contarme sobre lo que encontró en el interior de la casa de don Evaristo, pero no la dejé. ¿Qué me importa a mí en qué condiciones se encuentra la casa de mi amigo, cuando el mismo está enfermo en el hospital? Mi mujer es una frívola.

—¿Frívola yo?

—Sí. No me has preguntado cómo se encuentra el viejo.

—No me digas que murió.

—No. Lo operaron y se va a recuperar.

Me fui a la cama y dormí como un bendito. Al día siguiente me levanté temprano y le pedí a Julieta la llave para entrar a la casa de don Evaristo. Se me ocurrió que antes de ir a visitarlo al hospital, podría llevarle un cambio de ropa y su cartera. Entré. Sí, Julieta tenía razón, por dentro la casa era un chiquero, pero no presté atención. Tomé lo que necesitaba y salí cuanto antes para esperar el camión.

Cuando llegué al hospital, don Evaristo se encontraba solo en su cuarto. Estaba dormido, así que entré procurando no hacer ruido. Me senté en la silla para las visitas y me puse a hojear una revista de medicina.

—Me dieron de alta —dijo de un tajo, más despierto que de costumbre.

—¿Tan pronto? —Puse a un lado la revista.

—Ya ve. Estoy mejor que nunca. —Trató de levantarse de la cama, pero la manguera del suero se lo impidió.

En eso entró la enfermera y yo salí, no sin antes dejarle en la cama el cambio de ropa. A los pocos minutos, don Evaristo salió del cuarto por su propio pie, con una bolsa repleta de medicinas. Se veía desmejorado, aunque él opinara lo contrario. Me imaginé que alguno de sus hijos vendría por él, pero me equivoqué. Don Evaristo me pidió que lo llevara a su casa antes de que llegaran sus hijos. Le dije que no tenía en qué llevarlo.

—Pida un taxi, no sea inútil. Trajo mi cartera, ¿no?

—Sí. —Se la entregué.

El viejo sacó los billetes, los contó y me agradeció que no le hubiera robado. Le pedí a la muchacha de recepción que nos hiciera el favor de pedir un taxi. En el camino a la casa, don Evaristo iba muy pensativo. Habló muy poco.

—Todavía queda Evaristo para rato.

Cuando el taxista nos dejó frente a su casa, y luego de pagarle, el viejo se buscaba las llaves en la bolsa del pantalón. Noté que se sorprendió cuando las vio en mi mano.

—¿Por qué trae usted mis llaves?

—Julieta las recogió cuando me subí a la ambulancia. ¿Cómo cree que íbamos a dejar la casa abierta? ¿Cómo cree que entré por el cambio de ropa que le llevé? —Por la cara que puso, pensé que le iba a dar otro infarto.

—¿Entraron usted y su mujer a mi casa?

—Sí.

El viejo no volvió a abrir la boca. Me dijo que me fuera y, de no ser por su salud, estoy seguro que me hubiera echado a patadas de su casa. Hace días que no lo veo y me preocupa, pues sé que los hijos no lo procuran. Tal vez le llamen por teléfono, pero pasa el día solo. Me pregunto cómo se las arregla para la comida y su aseo personal, y también si él o los hijos le habrán avisado a Yolanda para que regrese a cuidarlo.

12

La casa del Venado

No lo podía creer. Allí estaba, en la casa de don Evaristo, frente a la puerta abierta de par en par. Me sentía como una ladrona, con un ansia morbosa por robarme la intimidad de aquella casa con los ojos. Abrí y entré a una boca de lobo. Con la luz que ingresó al abrir la puerta pude ver, de entrada, el tapete mugroso, la mesita con margaritas secas y una fila de trapos, platos, periódicos, chanclas y herramientas en la escalera. Cerré la puerta. En la oscuridad, pasando por entre frascos vacíos y galones de plásticos llenos de agua, llegué a la cocina y encendí la luz. En la silla del comedor estaba colgado un delantal floreado y, bajo la mesa, ratones, cucharas, platos y sartenes sucios. Grité y me subí a una silla. Los ratones me dan asco. Los gabinetes de la cocina estaban abiertos y pude ver el desfile de cucarachas de todos tamaños. Las más pequeñas transitaban en el techo, como formando y transformando mapas de diferentes continentes. El olor a caño salía por el lavatrastos y las hormigas iban y venían del paquete de azúcar sobre el refrigerador, esquivando la estufa, donde se encontraba una sartén cubierta con salitre. Vi la escoba. Me armé de valor, bajé de la silla y la tomé. Corrí y abrí la puerta del patio trasero de par en par y eché algunos ratones para afuera. Los otros se refugiaron en sus agujeros. No, no, ya no me detuve a abrir el refrigerador ni la alacena. Pasé a la sala, donde se amontonaban cajas repletas de fotografías, revistas del año del caldo, recibos, cartas dirigidas a Yolanda, con el nombre de Guadalupe de Anza en el remitente. Me guardé una en la bolsa del pantalón, junto con una tarjeta de presentación que se encontraba en la mesita de centro, con el nombre de Alejo Villanueva, agente de bienes raíces del "Grupo Icasa", Guadalajara, México.

Luego fui al baño, con los nervios me dieron ganas da hacer pis, pero tuve que aguantarme. Había mierda hasta en las paredes. Subí la escalera y entré a al que supuse era el cuarto de don Eva. Casi me voy de espaldas al ver la cama hecha un asco. Las sábanas ajadas olían a orines, las almohadas estaban tiesas de sudor y babas, y las cobijas, carcomidas. Las cortinas de la ventana estaban por caerse a pedazos. En la mesita de noche de la derecha, un cenicero rebosante de colillas de cigarros y al lado de la cómoda, un espejo grande, para verse de cuerpo entero, viejo y empañado. Abrí el clóset con un poco de temor, pensando que me iba a caer encima el esqueleto de Yolanda. No había nada que no fuera ropa apestosa. Salí al pasillo. Abrí la puerta de la recámara que tal vez habría sido de uno de los hijos. Estaba semivacía; tan sólo un escritorio con algunos libros empolvados y una silla. En las paredes, dos diplomas; uno de preparatoria y dos de universidad, con los nombres de Andrés, Joel y Sofía Morán Montaño y, antes de salir, quise abrir el clóset. No pude, tenía cerradura. De sólo imaginarme allí dentro el esqueleto de Yolanda, salí de esa recámara y abrí la tercera, la última que me faltaba por revisar. Para mi sorpresa, era una de esas alcobas dignas de una revista de decoración. Los motivos de la colcha y cortinas eran floreados, las paredes color lila, y los cojines que adornaban la cama, de colores pastel, haciendo juego con los conejos de peluche que se encontraban en una canasta, justo a los pies de la cama.

En la mesita de noche se hallaba una lámpara antigua, una veladora y una foto en blanco y negro. Era Yolanda. La tomé y me acerqué a la ventana. Abrí las cortinas, también de color lila, y entonces pude ver el rostro de la mujer que de un tiempo a la fecha me quitaba el sueño. Parecía posar para propaganda de las películas melancólicas de los cincuentas. Llevaba el cabello en una melena espesa, brillosa y el fleco recto servía de marco a su ceja levantada, como la de María Félix. Sus ojos, redondos y grandes, expresando nostalgia. La nariz pequeña, en contraste con los labios gruesos. Tenía una mano puesta en el lado del corazón y la otra media levantada, con la palma de la mano abierta, apuntando al cielo. El escote prudente del vestido resaltaba con una línea blanca, en curva, que dejaba apreciar su cuello largo y delgado. Me dieron ganas de llevarme también la foto, pero me arrepentí, pues esa sí podía echarla de menos don Eva cuando regresara. Del otro lado de la cama, en la otra mesita de noche, se encontraban dos fotos más antiguas que la de Yolanda y dos veladoras. Pensé que eran sus padres. El hombre era muy guapo, parecido a Arturo de Córdoba. Llevaba un sombrero de ala ancha y un traje oscuro que resaltaba con un pañuelo blanco en la solapa. Su mirada; la de un don Juan. La mujer, con el cabello recogido, dejaba ver una mirada de señora enamorada. En la pared había un cuadro con un poema firmado por Fernando

Montaño, del que ya no me acuerdo. Lo leí de corridito porque tenía que regresar a mi casa, pero antes de salir, me di cuenta de que, a los pies de la cama, en la alfombra color *beige*, había una mancha grande. Me arrodillé para ver de cerca y casi podía jurar que esa mancha era de sangre. Bajé las escaleras y una vez en el recibidor, divisé el llavero al lado del teléfono. Tomé las llaves. Subí de nuevo las escaleras y entré al cuarto semivacío. Probé todas las llaves en la cerradura del clóset, incluso la navaja con un venado dibujado, pero nada. Bajé. Cerré las puertas y salí rumbo a mi casa más que satisfecha. Cuando vaya a Teocaltiche, con la carta que tiene la dirección de la casa en Encarnación de Díaz, voy a dar con Yolanda. En una de esas, sí está en el pueblo. Podría verla, pero no sé. La carta tiene fecha reciente. ¿Para qué escribirá la tía si Yolanda se encuentra allá, con ella? ¿Y la llave del clóset? ¿Y la sangre?

Mucamo

Después de que salió del hospital y lo dejé en su casa encabronado, no tuve noticias de don Evaristo por una semana. Me asomaba por la ventana para ver si alguno de sus hijos venía a visitarlo. Un día vi la camioneta del hijo frente a su casa y me quedé más tranquilo; pero después, nada de visitas. Decidí ir a verlo para ofrecerle no una visita, sino ayuda. Julieta se burló de mí cuando le conté que me ofrecí a limpiar la casa del viejo.

—¿Ahora de criado? ¿Y la tienda, cuándo?

—Ya está amarrada. Don Evaristo dio un adelanto a la hermana de la Güera, pero hay que ayudarlo para que se recupere más pronto y sigamos con el trato.

—¿Por qué no sigues tú con el arreglo?

—Porque no quiero dejarlo fuera de la jugada. Además, él sabe mucho más que yo sobre esos asuntos.

—Esto no me gusta nada.

—El plan sigue en pie. Te lo aseguro. Ya tenemos todo bien pensado, hasta el nombre de la tienda. Se llamará El Venado.

Julieta empezó a reír a carcajada abierta.

—Ha de haber sido idea del viejo. Al ver caballo ensillado, se le antojó viaje.

—¿Qué tiene de malo?

—Nada, nada. Allá ustedes. ¿Y te va a pagar por limpiar su mugrero?

—Interesada, no lo hago por dinero.

Salí de la recámara. Julieta es una aguafiestas. Ya no quise explicarle nada, mucho menos contarle sobre el día que empecé a limpiar la casa del viejo. Llegué temprano, en la mañana. Toqué el timbre. Don Evaristo salió caminando a paso de tortuga y abrió el candado.

—¡Qué bueno que llega con comida! ¿Y qué trae en esa otra bolsa? Entre. Ya qué más da. Siéntese. Tengo algo que platicarle.

—No vine a platicar. Vine a limpiar este chiquero.

—¿Qué? Pero, ¿quién se ha creído como para venir a mandar a mi casa? Váyase. No lo necesito.

—Sí me necesita. Tiene que recuperarse para que sigamos con el plan.

—Interesado. Lárguese. —Y se levantó de la silla, indicándome la puerta con el dedo.

—Sáqueme, a ver si puede.

Se puso tan encorajinado, que pensé que le iba a dar otro infarto. Le serví un vaso con agua, saqué los guantes y el limpiador de la bolsa para empezar a limpiar.

—Usted criticando cómo vivían los fulanos en aquel departamento, cuando fue a California, todo cochino, asqueroso, mugrero… y ahora mire cómo vive, don Evaristo, le tocó morderse la lengua —dije para que reflexionara.

—¿Qué quiere? Soy un hombre viejo y vivo solo.

—Pretextos. No por ser hombre y ser un anciano va a vivir en la inmundicia.

—Lengua larga. Se aprovecha porque estoy enfermo, pero, ya que insiste, ande, tenga este delantal. ¡No ponga esa cara, hombre! Usted está impuesto al mandil. ¿O no? Le queda que ni mandado hacer.

No le contesté. Se sentó en el sillón de la sala, todavía con su risa sarcástica, y encendió la televisión a todo volumen. Al mismo tiempo hablaba como merolico de no sé qué. No me entretuve, puse manos a la obra. Abrí puertas y ventanas y empecé por la cocina. Tiré la comida en descomposición, la basura acumulada en el cesto, lavé y sequé todos los trastes, incluso los que estaban en los gabinetes, luego rocié todos los rincones con pesticida. Hasta ahí con la cocina. Los días siguientes tendría que volver a poner veneno hasta acabar con las hormigas y cucarachas. Seguí con el baño de la planta baja. Después de limpiar la mierda y moho con Clorox y jabón en polvo, me dejé caer en el sofá. Don Evaristo seguía hable y hable, hasta que se dio cuenta de que tomé el canasto con periódicos viejos y correspondencia que se encontraba a un lado.

—Deje eso.

—¿Son cartas de Yolanda? —pregunté esculcando los papeles.

—Sí, sí. Deme acá.

—¿Ya le avisó que está usted enfermo?

—No.

—¿Por qué no?

—No quiero mortificarla más de lo que ya está.

—Pero…

—No empiece de chismoso.

—Hace tiempo quedó de leerme una carta de Yolanda.

—Me olvidé. Mañana. Ahora sírvame otro vaso con agua.

—Primero comemos.

Calenté el caldo de res que le traje y mientras comíamos le expliqué mi plan para acabar con los ratones: pondría trampas con un pedazo de cebo, donde incrustaría una pequeña pastilla de veneno para ratas que venden en el mercado y que no falla. Las pondría por toda la casa, así que tenía que tener cuidado en la noche de no ir a pisar una.

—Hasta ahora no he caído en ninguna trampa, mucho menos en una para ratones. Yo no sé para qué se esmera en limpiar. A mí me parece que todo está en su lugar. ¡Ay de usted si luego no encuentro las cosas donde acostumbro!

—¿Cómo va a estar bien vivir en el desorden?

—Lo que para usted es desorden, puede ser orden para mí.

—No empiece con sus alegatos seniles.

—Y usted ya bájele, mucamo.

Sí, tiene razón el viejo. No le saco al trabajo de la casa. Desde chico, mi madre me enseñó a separar la ropa antes de lavarla, a planchar, a barrer y trapear bien los pisos y a cocinar. Dejé de hacerlo cuando me casé con Julieta porque, como ella no trabajaba y yo sí, pues ¡que hiciera algo la mujer! Ella no hace el quehacer como yo, pero nunca se lo he dicho. Estos días he estado cocinando en mi casa y noto que a Julieta como que ya le gustó. Le dije que no se malacostumbre porque, en cuanto abra El Venado, se acabó Ramón el cocinero.

Tulipanes

Sí, ya me siento mejor, Món. He estado tomando todas las pastillas que me recetó el doctor. Esta casa, aparte de laboratorio, ya parece una farmacia. No, no he fumado, pero me está costando un huevo, con todo y que masco chicles y traigo un parche de nicotina en el brazo, como si fuera un globo agujerado. Como ve, trato de distraerme con la televisión. Tengo cable, pero de los mil canales que hay sólo veo dos; uno de jardinería y el otro de animales, los demás son pura méndiga basura. Ayer, en el canal del jardín mostraron cómo y cuándo plantar los bulbos. ¿No sabe qué son bulbos? ¡Ay Món! No, no son bulbos de luz. Mire, ya me sacó la risa, pese a que sigo encabronado con usted y con su mujer por haber entrado a mi casa.

Ya sé que no hubo de otra, pero no me gusta que hayan invadido mi privacidad. He revisado hasta el último rincón y sé que no se llevaron nada. Lo que me duele es saberme descubierto, como desnudo. Con usted no me importa tanto, porque es mi amigo, pero con su mujer, no sé. Discúlpeme, pero no le tengo confianza. Ya me la figuro chismeando con el viejerío de la colonia. Seguramente vio que el cuarto de Yolanda es el único que mantengo limpio y ordenado. En fin, lo que me queda es confiar en usted. Quiero que me dé su palabra de hombre que no dirá nada a nadie, ni a su mujer, de las cosas que vea en esta casa.

Bien. Mi hijo me llevó a la consulta. Fíjese que aparte de que sufro del corazón, también cargo con una depresión. ¡Otra vez la misma cantaleta! Además del pastillerío que me recetó el doctor, me dio también unas píldoras para ayudarme con el ánimo y, otra vez, me recomendó ir a ver a un psiquiatra. ¡Pendejadas! Esas cosas son para los débiles. No, no voy a tomar esas pastillas apendejantes. La depresión es un estado natural de los viejos. ¿De qué puede uno estar contento? ¿De ir como loco de bajada? ¡Ja! No, no se vaya todavía. Tenga estos billetes. No me diga que no. A mí no me gusta que me hagan las cosas de a gratis. Váyase. Ya veremos mañana cuántos ratones amanecen muertos en mi casa y en la ciudad.

Cuesta abajo

Yolanda, imitando tu cuidada caligrafía, que ensayé por tanto tiempo, hoy te escribo, pues decidí que no te vuelvo a hablar. Como no cuento con la gracia engañadora de la poesía, escribo en tu cuaderno un verso del tango que más me gusta y que me va como anillo al dedo, el que últimamente se ha vuelto una plegaria en mis noches en vela.

Ahora triste en la pendiente, solitario y ya vencido,

yo me quiero confesar;

si tu boca mentía, el amor que me ofrecía,

por tus ojos brujos

yo habría dado siempre más...

Fuiste para mí la vida entera, como un sol de primavera, mi esperanza

y mi pasión...

Frente a la ventana, sentada en la mecedora, veo que el sol, como yo, hace por volver a nacer tras el cielo escarchado.

Mi cuerpo sigue el tic tac del reloj y he aquí la encrucijada:

Seguir el tiempo adelante, hacia atrás

o colgarme de la manecilla

detenerlo

justo en el día que espero la visita de mi padre en el internado. La monja Filomena dice que este verano Fernando Montaño no vendrá para ir a llevar flores a la tumba de mi madre y a la de mi hermanito, Bernardo; muerte de cuna a los seis meses.

Alejo lleva las flores en mi nombre, mientras mis compañeras de cuarto y yo rezamos a la Virgen para que socorra a los pobres, a los enfermos, a las huérfanas.

Santa María, llena eres de gracia, el Señor es contigo, bendita eres entre todas las mujeres, te pido que socorras a mi padre, Fernando Montaño, para que venga del norte este verano, para que traiga buenas nuevas, para que vaya por mis hermanos al internado de hombrecitos y luego por Ana y por mí, y nos lleve de vuelta a casa, y bendito sea el fruto de tu vientre, Jesús, amén.

Ana llora en el cuarto de infantes. Tiene un año y hambre y frío.

La monja Filomena olvidó cambiarle el pañal. Escucho su llanto cansado y lloro con ella desde mi cama carente de hermandad.

Duermo y sueño que camino por un paraje sombrío con Ana en mis brazos.

Un hilo de luz se cuela por entre la espesura de los árboles.

¡Mamá! ¡Mamá! ¡Mamá! Corro con Ana en los brazos y a la luz que alcanza a tocarme el zapato le susurro: «Enedina».

La luz me contesta: «No está, es a ti a quien ella llama mamá».

Despierto. Me levanto y a tientas camino descalza sobre la losa helada, rumbo al cuarto de infantes. Abro la puerta despacio y, tomando ventaja del sueño profundo de la monja Filomena, me acerco a la cuna. Cuerpos de tres niños. Ana reconoce mis manos.

Tomo a mi hermana en mis brazos. Salgo antes de que la monja Filomena encienda la lamparilla. Todo en vano, me alcanza en el pasillo.

Mi castigo, no más golosinas, ni los jabones perfumados de la abuela. A ella tampoco la veo por un mes.

Padre nuestro que estás en el cielo, haz que vuelva mi padre, cuida a mis hermanos, Julio, Gabriel y a Antonio, aunque se haya escapado del internado. Está desaparecido. Yo sí lo veo. Santificado sea tu nombre, no le digo a la abuela que ayer, antes del almuerzo, Antonio me habló por el rejado. Trepado en un árbol, me tiró una nota con una promesa: "Pronto las saco de aquí". Ven a nosotros, tu Reino. Yo le creo. Haz Señor tu voluntad, como la hiciste aquella madrugada en la que salí del pueblo como delincuente, sin despedirme de Alejo.

Alejo, es tu calor el que me sostiene este último invierno.

13

La loca de la casa

Yo ya desayuné, Món. Guarde ese tazón en el refrigerador. ¿Hoy va a limpiar la sala? Ya me va fastidiando su afán por la limpieza. No encuentro el cortaúñas ni el abrelatas por ninguna parte. Mientras usted sigue haciendo de Cenicienta, le voy leyendo la última carta que recibí de Yolanda, para que vea que soy hombre de palabra:

"Querido Evaristo". Querido, ¡ja! *"Espero que te encuentres bien y el dolor que te aqueja la rodilla haya disminuido. También espero que estés cuidando bien del Pachuco, no sabes cómo lo echo de menos".*

El Pachuco fue un canario que me dejó encargado y que, ya ve, se me murió. Pero no me interrumpa.

"Aquí, en casa de tía Lupe, el canto de los cenzontles me lo recuerda a diario. Después de saludarte, paso a lo siguiente. La tía Lupe sigue muy enferma. El doctor decidió ponerle un marcapasos, pero no se ha podido porque se encuentra muy débil. Estoy cuidando su alimentación y su aseo personal. Hemos contratado a una muchacha para que ayude con el aseo de la casa, pues no me alcanza el tiempo. Tía Carmen sigue en el hospital psiquiátrico. Voy a verla cuando tengo tiempo libre. Entre las dos tías el tiempo pasa muy rápido y se nota en la huerta de la abuela; abandonada por no haber quién se encargue. A los árboles les ha caído la

plaga. Algunos se han secado, pese a que en los últimos meses ha llovido más que otros años. En las tardes voy a la casa de mis padres. Me siento en el zaguán y ellos salen de su pieza para platicar".

No. Mis suegros no viven. Están bien muertos, pero déjeme seguir. Ya casi termino.

"Mi padre saca su guitarra vieja y empieza a cantar boleros a mi madre y a mí. Lo escuchamos, mientras ella me teje una trenza y la adorna con flores de buganvilia. Como ves, me encuentro bien. No te preocupes por mí. En cuanto tía Lupe esté recuperada, regreso. Saludos a los hijos. Sin más por el momento, Yolanda".

Sí, es una carta breve y fría. Yolanda es de pocas palabras y nunca ha sido muy efusiva. Y eso de hablar con sus padres como si estuvieran vivos, qué le digo. Ahora que ya ha entrado en la intimidad de mi casa, le voy a hablar acerca de la cruel verdad sobre el matrimonio, para que se vaya preparando.

Las mujeres nos usan. Lo que quieren de nosotros son hijos, casa y seguridad económica. De novias son cariñosas, alegres y sueltas en los asuntos de la cama; pero luego, cuando tienen todo lo que quieren, cambian. Se apoderan de la casa. La hacen a su gusto y uno no puede decir ni pío. No lo dejan colgar la fotografía cuando fue de pesca. Los retratos de nuestras familias los ponen en el estante más alto para que no se vean. Se adueñan de todo el ropero y nos quieren obligar a quitarnos los zapatos antes de entrar porque les ensuciamos su piso. ¿Su piso? ¿No lo pagamos nosotros?

Cuando llegan los hijos, la cosa se pone color de hormiga, porque se olvidan que son mujeres y se convierten en puras madres. Comemos puré de papa y zanahorias porque eso les cocinan a los críos. En las mañanas ya no las encuentra en la cama; están preparando panqueques y atole; y en las noches viene lo peor, las espera uno en vano a que terminen de acostar a los niños y a que se pongan todos los pomos de cremas en la cara, manos y en el cuerpo que uno ya desconoce, para que luego se acuesten a nuestro lado y sueñen con el panadero o el maestro de sus hijos.

Ahora que, cuando los hijos se van, de plano uno se chingó. Olvídese de tener a las mujeres como decía mi tío, como la carabina: cargadas y detrás de la puerta. No. A cierta edad cambian por completo. Será la menopausia que les trae la temperatura del cuerpo y la cabeza como calzón de puta, de arriba abajo, y a uno junto con ellas. Les duele la cabeza más que antes, así que la cosa sexual se termina. Como las camas de los hijos están desocupadas, les da por irse a dormir aparte porque ya no aguantan nuestros ronquidos. Las más de las veces andan deprimidas. Entonces les da por "entretenerse" fuera de la casa. Buscan cualquier pretexto para no pasar tiempo con uno. Ya van a visitar a la amiga que le acaban de quitar la matriz, al mercado a buscar una hierba para los calores, a la clase de pintura o de gimnasia. Se sienten como liberadas; y si antes no les importaba nuestra opinión, ahora que no tienen que lavar uniformes, ni limpiar mochilas, menos, porque incluso, si no están de acuerdo en algo, lo dicen sin pelos en la lengua. El chiste, amigo Món, es que uno siempre está en el último lugar de la lista del supermercado, si bien le va.

¿Cómo sé todo esto? No se olvide que trabajé muchos años en una tienda en la que la mayoría de la clientela eran mujeres. Una de ellas, mayor y muy simpática, por cierto, me dijo un día, muy fresca, que después de haberse muerto su marido ella había rejuvenecido. Ya no tenía que estar pendiente de sus comidas, de su ropa y de sus pasos. También lo sé porque, aunque me duela reconocerlo, Yolanda resultó ser como todas, o peor.

Nunca estuvo bien de la cabeza. Tal vez heredó el mal de la tía Carmen. Ya ve que menciona que fue a dar a un hospital de locos y me temo que Yolanda le va a ir a hacer compañía tarde o temprano. Por eso, cuando se le metió entre ceja y ceja la idea de irse a su pueblo a cuidar a la pinche tía, no me dio por detenerla. Andaba como desquiciada. Subía y bajaba las escaleras. Pasaba horas frente a la ventana de su cuarto, porque como ya sabe, tiene el propio. Se adueñó de la recámara de uno de los hijos y allí creó un mundo de fantasía, veladoras, rezos y cantos, al que yo no tenía entrada. Pasaba las horas arreglando el ropero. Ordenando los sombreros y zapatos, olvidándose de la hora de la comida.

Sí, claro que me duele, pero ¿qué hacer? Cada vez que leo una carta de ella busco señas de que ya se le haya pasado la demencia, pero, ya ve, sigue en las mismas. Le voy a dar más tiempo, pero yo decido cuando regresa. ¿Cómo? Muy sencillo. En cuanto deje de enviarle dinero.

Pero ya. Dejemos el tema de Yolanda a un lado y hablemos del nuestro. He estado evitando el asunto de la tienda porque, como sabrá, la situación en la ciudad está de la chingada. Estuve viendo las noticias y tan sólo ayer mataron a cinco dueños de negocios, dos eran de esta colonia, por no haber pagado la cuota a una de las tantas bandas de malhechores que piden dinero a cambio de protección. No, no. No es que le esté sacando, pero lo mejor es que nos aguantemos un tantito. Yo pensé que lo de Pancho fue por narcotráfico, pero en esta ciudad ya no se sabe quién es quién. Por lo pronto, tiene trabajo aquí conmigo; y no se preocupe, el Venado siempre encuentra una salida. Sí, sí, lleve esos platos a la cocina y la ropa, por ahora amontónela en la bañera. ¿El resto del dinero que nos prestó Higinio? Bien guardado. Uno de estos días le digo dónde.

Corazón espinado

Haces bien en no hablarle a Yolanda. No vale la pena gastar tus palabras en esa ingrata mujer. Mírate al espejo. Debes sentirte orgulloso, muy chingón, porque le estás dando guerra a la araña patuda que sigue clavando la aguja por todo tu cuerpo sin ton ni son. El otro día te dieron ganas de abrirte la cabeza con un cuchillo, sacarla y matarla de un zapatazo. ¡Zas! Muere. Mujer tenías que ser.

Con los anteojos que te recetó el doctor y que acabas de comprar pareces Dumbo, el elefante orejón. No, no van contigo. Los sientes como un estorbo, pero al mismo tiempo te han servido para terminar de leer las últimas páginas del diario de Yolanda sin forzar tanto la vista. ¡Patrañas! Debes quemarlo. Sí, junto con lo que haya en ese maldito cuarto. Terminar con todo lo que te la recuerde. Llenarás los costales de harina que le pediste al panadero con las pertenencias de esa mala mujer. No te olvides del delantal. Saldrás en la noche e irás al arroyo más cercano, donde los vecinos tiran la basura, y vaciarás el contenido. Lo rociarás con petróleo y… ¡Fuego! Verás cómo las llamas consumen los zapatos, sombreros, pañoletas y perfumes con los que Yolanda se hacía pasar por otra en aquel pinche pueblo de alcahuetes. ¿O es que acaso, en realidad, Yolanda era otra aquí, en esta puta ciudad de mentirosos?

Sí, sí, has vuelto a fumar. Si has de morir, que sea por algo que te da placer. ¿La casa? Ya no te importa. Que se la lleve la chingada. Ya no vas a barrer el frente y Món dejará de limpiarla por dentro. ¡Qué vuelva a ser la de antes! Haz de cuenta que no leíste ese maldito cuaderno. Mejor cargar con la culpa que tú mismo te impusiste y no con otras que esa mujer trata de echarte encima para justificar sus malas acciones.

Abre las puertas antes de que llegue el invierno. Que entren los ratones. ¡Vengan amigos! Pasen, pasen. Esta es su casa. Acompañen a Evaristo en su cama. Bailen encima de su panza. Roan las cobijas. Inviten a sus amigas las cucarachas y hagan una fiesta de mugre y decadencia.

En la mañana tendrás la calma. Mientras fumas y tomas café endulzado con azúcar llena de hormigas, esperarás día a día a que la Chingada se aparezca y te lleve para siempre a su reino. Por lo pronto, también dejarás de regar la buganvilia. ¡Qué sabroso será ver que se está secando poco a poco! Quedará convertida en un palo seco con espinas, como Yolanda, como tú, como la vida.

Pobreza express

¡Me lleva la chingada! No sé qué voy a hacer. Vuelvo a sentirme agarrado de los huevos. Don Evaristo salió con que no es un buen tiempo para abrir una tienda. Tampoco quiere que limpie ya su casa, sólo que le cocine: carne con papas, carne con champiñones, carne con fríjoles. Carne y más carne. El doctor se la prohibió, pero tal parece que el viejo está empeñado en matarse poco a poco, porque sigue fumando como chacuaco. Dejé de ir a su casa. Se acabó Ramón el criado, Ramón el cocinero, Ramón el del negocio.

Intenté volver al trabajo, pero la fábrica de cupones está por cerrar. Soy un desastre. Julieta lo ha notado y ya empezó a chingar. Que para cuándo la tienda. Que ya se está cansando. Más lo estoy yo con sus preguntas. Será cierto lo que dice don Evaristo, mi mujer no es nada diferente al resto. Mejor que me vaya preparando; hace tiempo que me tiene olvidado en un rincón. No le importó dejarme con la cabeza llena de preocupaciones para irse a Teocaltiche con los niños y con su pinche madre.

No les dije ni a ella ni a don Evaristo que ya había hecho trato para comprar una camioneta con un vecino. La iba a pagar en abonos y di un adelanto con un dinerito que tenía escondido, y que no me van a regresar porque tuve que rajarme. Y de pilón, ahora le debo a Higinio el adelanto que dio el viejo a la hermana de la Güera por la tienda. Don Evaristo dice que no me desespere, que encontrará una salida en cuanto se calme la violencia en la ciudad, pero no le veo la orilla. Julieta me contó que la semana pasada secuestraron al nieto de doña Cata. El muchacho tiene trece años. Lo raptaron al salir de la secundaria nocturna. Los secuestradores pidieron veinte mil dólares. La mujer tuvo que pedir dinero prestado en financieras en el otro lado, empeñó su casa con un prestamista local, vendió los coches de toda la familia y juntó la cantidad. Ella misma fue a llevar el dinero. La citaron de noche en uno de los panteones en la orilla de la ciudad. Depositó en una tumba la caja de zapatos donde guardó los billetes, volvió a la entrada del cementerio y por suerte allí estaba su muchacho, golpeado y con un trauma que ahora le impide ir a la escuela.

Todo esto me trae bien desanimado. He dejado de ir a platicar con don Evaristo. Ya me cansó. Y ahora que estoy solo en la casa, en las tardes tomo mis cervezas con Benito, el borrachín cantador. Hablo y hablo, maldigo, pateo la mesa y él sólo se ríe. En cuanto oscurece me encierro bajo mil llaves y candados, como todos los vecinos, y veo la televisión. Ahora la tengo para mí solito. Mejor que Julieta y los niños se hayan ido. Así no ven la traza en la que ando. Sólo falta que me orine un perro. Como dice la bruja de mi suegra, soy un inútil. No sé qué estoy esperando. Tal vez un milagro, o de plano, considerar irnos a California, pero, ¿con qué chingados? Y ese es otro asunto que me quita el sueño: el viejo se hace que Dios le habla cada vez que le pido que me diga dónde guarda el resto del dinero que nos prestó Higinio.

Que este año no hay dinero para ir de vacaciones.

Sí que lo hay.

Con mis manos, a escondidas, de la cartera de Evaristo, unos billetes de la venta del día a mi cajón.

Y al llegar el mes, a una cuenta de banco que fue creciendo con los años.

Sí. Fue mi paga por hacer de enfermera, cocinera, lavandera, niñera, sirvienta, contadora y oyente.

Tengo dinero. Salir de esta casa, antes del sol. Comprar mi libertad. Pagar las diligencias para que la casa de mis padres pase a ser de mi propiedad.

Mis hermanos no la quieren. Ana tiene la propia, donde vive libre con sus hijos, sin un marido que le pida cuentas, ni que le ordene la vida que ella lleva a su propio ritmo. Julio vive en los Estados Unidos y no le interesa escuchar nada sobre la triste casa del sur. Gabriel, tampoco. Después de varios matrimonios, vive en unión libre con la que fuera su vecina; y el trabajo que tiene, no le da para viajar tan lejos. Y Antonio, menos, ya está muerto.

Durante este tiempo en el que he aminorado el miedo a punta de lápiz y papel, Alejo, mi buen Alejo, se encargó de agenciar los documentos que me nombran propietaria de una casa en la calle Pariancito # 346, y de las restauraciones. Semana a semana me estuvo poniendo al tanto de los avances, por las llamadas que

hacía a su trabajo cada viernes por la tarde de un telé-
fono público.

La buganvilia se ha plantado.

El fogón de la cocina, arreglado.

Han llegado un refrigerador y estufa nuevos.

Las ventanas, reemplazadas.

El sol de la puerta principal, retocado.

He recibido la ropa de la cama.

Ya te tengo el mantel para la mesa.

La guitarra de tu padre cuelga de la pieza.

Tienes ya tu casa, Yolanda. Vuelve.

Y yo espero ver tus ojos muy pronto.

Llegó la hora de regresar para quedarme en la tie-
rra de los besos, donde están mis muertos y mi ombligo.

Limpia tierra mojada

Cuando mi madre, los niños y yo llegamos a Teocaltiche, la tía Juventina estaba en un hospital en Aguascalientes. Su casa estuvo disponible para mis hijos y para mí, pues mi madre pasó la mayor parte del tiempo cuidando a su hermana. Como los niños no podían estar en el sanatorio todos los días, los llevé de paseo por el pueblo de calles estrechas, ventanales adornados con cantera, quiosco, mercado, iglesia y panteón. No ha cambiado mucho desde que mi madre nos trajera de visita a mi hermana Sabina y a mí, y me dio gusto. Anduvimos por todas partes sin temor a ser asaltados o a que nos cayera un muertito a los pies. Pero a la semana, Fabián y Damián ya se habían aburrido. Como les traje el Nintendo, pasaron el tiempo como en casa, jugando frente al televisor. Fue uno de esos días cuando le pedí a la hija de la vecina de mi tía Juventina que me cuidara a los niños para ir al pueblo de Yolanda.

Tomé un autobús muy temprano y en media hora ya estaba en Encarnación de Díaz, o la Chona, como le llama la gente. Crucé la plaza. Tiene una gran cantidad de pinos con formas de soldados, monjas o caballos. Aspiré el olor a tierra mojada y me dirigí al mercado. A esa hora de la mañana había bastante gente. Los vendedores atendían los puestos ofreciendo frutas y verduras a las marchantas. Me detuve en uno para comprar un agua fresca y pregunté a una viejecilla por la calle Pariancito.

—¿Pariancito? ¿A quién busca?

—A Yolanda Montaño.

—¿De los Montaño de Lagos o de los Montaño de Guadalajara?

—No estoy segura, pero ¿sabe dónde está la calle Pariancito?

—Sí. Esa calle está allá, por la estación del ferrocarril.

Antes de que la viejita siguiera de preguntona cambié de puesto. Una muchacha me indicó que hay un solo autobús que recorre todo el pueblo y que podía tomarlo cada hora en la plaza.

Salí del mercado y me fui a esperar el autobús. Cuando llegó, le avisé al chofer que me bajaría en la estación del ferrocarril. El buen hombre paró justo en la dirección que le mostré. Toqué la puerta de la casa de doña Guadalupe de Anza. La anciana me recibió de buen modo cuando le dije que estaba buscando a Yolanda Montaño. Me pasó al zaguán y me sirvió café con pan que acababa de hornear. Empecé a comer, esperando que de un momento a otro se apareciera Yolanda entre el jardín florido de la casa. Después de presentarme y decirle que traía un recado de don Eva para Yolanda, la anciana puso cara de espanto.

—¡Achis! No puede ser. Mi sobrina vive en el norte, con Evaristo.

—¿Está segura?

—¿Cómo no voy a estar segura, mujer? Le voy a mostrar la última carta que recibí de Yolanda, para que se cerciore.

La señora fue a una de las piezas y regresó con un sobre en la mano. Me lo entregó y luego de verificar la dirección de la casa de don Eva, leí entre líneas: *"Querida tía Lupe, me encuentro bien, este año no podré visitarla, la extraño"*.

—Disculpe el malentendido, doña Lupe. Lo que quise decir es que le traigo un recado de su sobrina.

—Ah. Haberlo dicho antes. Ya me estaba inquietando. Con eso de que no viene este año y su letra ha cambiado, pensé que algo malo le pasaba.

—¿Desconoce la letra de su sobrina?

—Un poco. Ahora escribe como arrebatada. Como si tuviera prisa o le temblara el pulso. Dígame: ¿se encuentra bien mi sobrina?

—Sí, y le manda decir lo mismo que dice la carta. Que no se preocupe por ella. Vendrá a verla en cuanto pueda.

—Bien. Aprovecho entonces para que le dé el recado de que la restauración de su casa sigue pendiente.

La viejecita me puso al tanto de las intenciones de Yolanda de venir a vivir a la casa que fuera de su madre y ahora suya, gracias a las diligencias que hizo don Alejo Villanueva hace poco, antes de morir.

—¿Don Evaristo viene con ella?

—Vaya usted a saber. A mí lo único que me interesa es que mi sobrina regrese.

No pude evitar preguntarle dónde se encontraba la casa y por ese hombre, Alejo Villanueva. La casa se encontraba al final del callejón. Se distinguía por una puerta color azul, con un sol pintado en el centro. Sobre don Alejo, sólo me contó que fue viejo amigo de la familia de Anza. Enseguida levantó las tazas, como indicándome que era hora de irme.

Salí con la cabeza revuelta y fui a la casa de los padres de Yolanda. La puerta con el sol estaba abierta y entré. Un albañil recogía sus herramientas y las guardaba en un saco. Le expliqué que era sobrina de Yolanda y que estaba allí para ver en qué había quedado la restauración. El hombre me llevó de cuarto en cuarto, dándome cuentas de ventanas nuevas, techo restaurado, paredes reparadas y demás, pero lo que más llamó mi atención fue el jardín en el zaguán. Varias buganvilias de distintos colores crecían vaporosas, trepándose por las paredes recién pintadas de color barro.

En el camino de regreso a Teocaltiche pensé que había hecho bien en no decirle a doña Guadalupe de Anza que su sobrina Yolanda no vive en el norte. La habría preocupado en vano porque ¿qué puede hacer la pobre anciana? Que siga pensando lo que ese viejo malvado le ha hecho creer. Porque no me queda la menor duda de que él es el autor de las cartas. ¿Quién más? Y todo lo hace para despistar, para que no se sepa que mató y enterró a Yolanda junto a la buganvilia de su jardín.

14

The Wall

Lo que Julieta me contó sobre Yolanda y don Evaristo me puso la piel de gallina. Me costó mucho creerle, pero ahora sí estoy convencido de que mi mujer tiene toda la razón. Las cartas son la evidencia de que ese viejo hipócrita se deshizo de su mujer. Caras vemos, corazones no sabemos. Me engañó como a un mocoso. Unos días antes de que Julieta regresara de Jalisco, vino a buscarme a la casa para contarme sobre su nuevo plan.

Según él estaba muy preocupado por mí, pues hacía mucho que no iba a visitarlo, y Benito le fue con el chisme de que yo estaba considerando irme a California. Luego de regañarme por haberme dado a la tomada con ese borrachín, y de ofrecerme un platillo, me contó que tenía la idea de que vendiéramos comida en el centro de la ciudad. Lo dejé hablar sin interrupción.

—Tomemos ventaja de que no están ni su mujer ni sus hijos. Los dos sabemos cocinar y con la comida no hay pierde. La gente tiene que tragar. Por lo pronto vendemos burros. Es lo que más gusta a la gente, no sé si es porque se identifican. Un día antes cocinamos los guisados y hacemos las tortillas de harina. En la mañana nos levantamos temprano, hacemos los burros, los repartimos en dos canastas y nos vamos al centro. En una de esas empezamos a venderlos en el camión. La mayoría de los hombres salen de sus casas con la panza vacía y el olor a burros les va a hacer cosquillas. Si el chofer se pone roñoso, le regalamos dos y le damos para un café. Cuando lleguemos al centro, usted se va con su canasta por un lado y yo por otro. Cuando acabemos nos vemos en la plaza, contamos la ganancia y lo invito a una comilona de las buenas. ¿Qué dice? ¿Verdad que está bueno mi plan?

No. Le dije que no me cuadraba andar en el centro de la ciudad como la patita, con canasto y con rebozo de bolitas. Sólo a él se le ocurre. Creo que se está volviendo más loco.

—¿Se va a poner sus moños? ¿No ve las condiciones en las que está?

—Sí las veo y también veo que estoy así por haberme dejado llevar por usted.

—No sea maricón. No me eche la culpa. Yo sólo traté de ayudarlo. Parece mentira que este viejo tenga más arranque que un joven como usted.

Se fue echando chispas. No lo detuve, e hice bien, porque tenía ganas de romperle la madre. Cuando Julieta me contó todo, estuvimos platicando sobre el asunto hasta pasada la medianoche. Ella decía que había que dar parte a la policía y que de hecho le parecía muy raro que los vecinos no lo hubieran hecho antes. A mí no me parece extraño. Como están las cosas en la ciudad, ¿quién quiere meterse en problemas de a gratis? Yo, no. Le hice ver a Julieta que lo más sensato era dejar el asunto de ese tamaño. No vamos a ser nosotros quienes arreglemos el mundo.

Aunque le costó, Julieta se convenció, y más cuando al hacerme saber que había hablado con su hermano, y éste quiso prestarnos el dinero para cruzar al otro lado sin papeles, estuve más que de acuerdo en largarnos a California. A los niños y a mí se nos vencieron los pasaportes locales el año pasado. A Julieta, hace un mes. No los renové porque cuesta un ojo de la cara. Y ahora, desempleado, menos. Mi mujer no ajustó el tiempo suficiente en su trabajo como para tramitar el de ella y el de los niños. Lo que sí está empeñada en hacer, es pagar el alquiler atrasado y cerrar la cuenta en la tiendita.

—¿Para qué, si ya nos vamos?

—El rentero y el tendero no tienen por qué pagar el pato.

—¿Con qué dinero?

—Con el que te va a prestar mi mamá.

—¿A mí? Yo no le he pedido nada a tu madre.

—Yo lo hice por ti.

Ya no alegué. Sabrá Dios cuándo vuelva a ver a la bruja de mi suegra.

Sí, nos vamos. Julieta y yo cruzaremos el río sin maletas. Tan sólo llevaremos una mochila con lo indispensable: agua y galletas para Fabián y Damián. Que no es de hombres dejarse llevar por la mujer, dirá don Evaristo. Pero lo que no es de hombres es dejarla ir sola, como tampoco es de hombres quedarse en un lugar por aferrarse al pasado y por miedo al riesgo del futuro. Que hay que tener huevos para quedarse, dirá también el viejo, pero los huevos también sirven para irse.

Esta mañana salí a fumarme un cigarro y me quedé mirando su casa. Hacía mucho aire y entre el polvo, las ventanas de arriba parecían los ojos de una difunta, cerrados, tiesos. La buganvilia se estremecía, sacudiéndose las últimas flores y hojas secas. Las sillas donde nos sentábamos a platicar, tumbadas. Una al lado del tambo de basura y la otra en el porche, junto a la puerta de encino que, con ese vidrio biselado, parecía lanzar una sonrisa perversa de la cual, de repente, salió don Evaristo.

Fue la última vez que lo vi. No tomó la escoba. Se encaminó al ciruelo que planté aquella tarde de febrero y allí se quedó parado, como un venado viejo, cuidando su casa en ruinas. El viento del otoño le hacía más difícil encender el cigarro. Las bolsas vacías de los supermercados *Hoy-Mart* volaban por encima de su cabeza, al igual que los paquetes de papas fritas *lite* y las envolturas de golosinas. En la poza del árbol que se encuentra en la calle se revolvían las hojas secas, con las botellas de plástico de Sprite, Coca-Cola y varios pañales desechables al descubierto por los perros. Allí mismo están cavando una zanja por donde pasarán los cables nuevos de telefonía y don Evaristo, parado en medio del remolino de novedades, de verdades, de realidades que su cabeza anciana y loca no quiere ver.

Que se quede allí a rumiar su mente llena de nudos. Yo, me voy. No puedo darme el lujo de seguir sentado escuchando sus pláticas, sus cuentos de hadas, su visión de un México lindo y querido de los años cincuenta, del siglo pasado, aquel de Pepe el Toro, aquel de "Ustedes los ricos, nosotros los pobres". Como cualquier drogadicto, el viejo se quedó arriba, tocado, ensimismado, cargando una muerte en su conciencia que no lo deja ver mi lucha. Si me voy al otro lado es porque no quiero ver a mis hijos jugando fútbol en el picadero de la esquina, no quiero verlos estudiar en vano, para que terminen cargando canastas, vendiendo burritos o elotes en el parque o en el centro, no quiero verlos en la ignorancia de los libros, de una casa, de una cama caliente y de comida en la mesa. No sé qué nos espera del otro lado. No sé si mis hijos estarán luego confundidos por no ser de aquí ni de allá, por no tener una sola patria, una sola historia, una sola lengua. Lo único que sé es que no es de hombres dejar a la familia a la deriva, y se lo hice ver a don Evaristo en el momento en que nuestras miradas se cruzaron en medio de un remolino.

Gringolandia T-Shirt

Ya hice el trato con un coyote. Raúl, el vecino de al lado, me llevó a donde vive un hombre que cruza gente al otro lado. Se lo conté a Monchis y me costó un huevo que no tengo convencerlo de que todo estaba bien planeado. Me escuchó mientras ordenaba los recibos del agua y de la luz sobre la mesa, miraba a los niños que jugaban frente a la televisión, y en un pedazo de papel multiplicaba dos mil dólares por cabeza para cruzar por Arizona.

—Ocho mil dólares. ¿Hay que pagarlos ahora? ¿Tu hermano va a mandar el dinero, o qué?

—No. El coyote ya habló con mi hermano. Él le dará el dinero cuando nos entregue en la puerta de su casa.

—Y luego, ¿cómo le vamos a pagar a tu hermano?

—Ya tenemos trabajo.

—¿Tenemos?

—Sí, tenemos. Tú trabajarás con él en la construcción. Yo, en un hotel.

—¿De qué? ¿De puta?

—Cállate, pendejo. Voy a trabajar de camarera. Y si vas a estar jodiéndome todo el tiempo por tomar la iniciativa, mejor quédate, pinche miedoso.

—Bájale a tu carro. Está bien. Me pasé. Pero ¿quién te dice que vamos a mejorar?

—¿Y quién te dice que vamos a empeorar? Mi hermano tiene un negocio de construcción, varias camionetas, una casa. Mi cuñada trabaja cuidando viejitos. Mis sobrinos van a la escuela. Hablan inglés y…

—¿Dónde vamos a vivir?

—Con ellos, mientras nos acomodamos en los trabajos y alquilamos un apartamento.

—Eso significa seguir tirando el dinero.

—Sólo por un tiempo.

—¿Cuánto?

—No sé. Medio año, tal vez, pero mientras los niños van a la escuela. Mi cuñada me dice que allá las escuelas tienen de todo: cocina, biblioteca, gimnasio, autobuses.

—A lo mejor te lo dice para apantallarte. ¿Crees que allá no hay violencia? En todos lados hay. En el otro lado están peor, los chamacos se matan unos a otros en las mismas escuelas. ¿Que no lo vimos en las noticias?

—Eso fue hace mucho. Además, aquí, eso pasa a diario. Mataron a Pancho, asaltan la farmacia cuando les da la gana, robaron la casa de Melchor, secuestraron al nieto de doña Cata, violaron a la hija de Saúl, le robaron su bolso a Marianita, a nosotros nos robaron la manguera, la maceta con tus geranios, el tambo de la basura y…

Monchis ya no me dejó seguir. Guardó los recibos en un sobre, salió a la calle y, contra el viento, encendió un cigarro. Se quedó allí, viendo la casa embrujada del viejo macabro de don Eva. Esa casa que, con todo y su estilo sureño: sillas de roble, macetas de talavera, un paisaje de azulejos a un costado de la puerta de encino y la teja del techo, estará maldita con los gritos silenciosos que Yolanda lanza y lanzará desde la buganvilia seca, pidiendo justicia por los años de los años, amén.

Cuando un amigo se va

Qué bueno que vine a buscarlo para disculparme por lo del otro día, pero es que me hizo enojar. Ahora me dice que está decidido a irse a California. No, no, no. Món, no se deje convencer. Le he dicho que allá es un desmadre. No se lo he contado, pero hace como dos años fui a ver a mi hermano Javier, el que vive en Santa Ana. Mientras estuve allí supe del caso de una vecina, una mujer de Michoacán que estaba esperando a que un coyote le llevara a su esposo a la puerta de su casa. ¿Sabe qué fue lo que pasó? El coyote la llamó por teléfono, le dijo que ya tenía a su marido en Santa Ana, sólo que, en vez de dos mil dólares, iban a ser dos mil ochocientos. La mujer no tenía los ochocientos, pero le dijo que iba a tratar de conseguirlos. Un día tocó a la puerta de mi hermano para pedirle dinero, pero como Javier siempre anda en la quinta pregunta, le dijo que no tenía. La mujer se puso a llorar como una Magdalena, porque según ella no tenía familiares que la socorrieran. A mí se me hizo muy exagerada, pero cuando nos contó que el coyote la amenazó con matarle al marido si no le entregaba la cantidad completa, hasta lástima me dio. La hubiera visto, andaba desesperada, esperando que el coyote volviera a comunicarse con ella. Cuando lo hizo, la mensa le dijo que no tenía esa suma, que le entregara a su viejo tal y como habían quedado. Al siguiente día, ¿qué cree que pasó? Llegó al departamento de la mujer una de esas camionetas de FEDEX y le entregó un paquete. ¿Qué cree que era? La mano, Món, la mano del marido envuelta en unas gasas. Yo la vi porque la torpe mujer llegó con el paquete al departamento de mi hermano. Total que, para no hacerle el cuento largo, no sé cómo le hizo, pero para cuando el coyote volvió a hablarle, la mujer ya había conseguido el dinero que le faltaba, antes de que le cortaran más partes del cuerpo a su esposo. Al siguiente día nos enteramos de que se lo entregaron, manco y moribundo en una esquina, y luego de que lo trajo del hospital, que le digo, la vida de esa mujer se hizo mierda. Una noche llegó al departamento llorando. El marido, tras ella, gritando: «¡Hija de puta! ¡Pendeja! ¿Para eso me hiciste traer del pueblo? ¿Cómo dejaste que me cortaran la mano? ¿Cómo voy a trabajar?». No sabe, Món, era un espectáculo que daba pena. El hombre dejó todo por seguir a su mujer, para trabajar y mantener a su familia, y mire en lo que terminó. Y como ese caso hay muchos, o peores. Está de la chingada. Piénselo muy bien. Hable otra vez con su mujer y convénzala para quedarse.

¿No cree lo que le digo? ¿Que ya no hay vuelta de hoja? Allá usted. Créame que no me sorprende. Siempre he sabido que usted es un mandilón, que no tiene huevos para quedarse, por eso corre, escondido en las faldas de su mujer. ¿Que me vaya? Claro que me voy. A mí no me corre nadie, menos un deshuevado como usted. ¿Qué me dice? Repítalo. Con que soy un asesino y un ladrón, que maté a Yolanda y que me quedé con el dinero de Higinio. ¡Pobre pendejo! Mejor me voy. Lo que voy a enterrar en el jardín son los días que perdí hablando con usted, tratando de hacerlo un hombre. Allí quedará la supuesta amistad que decía tenerme. ¡Hipócrita! ¡Desagradecido! ¡Que se lo lleve la chingada! A mí qué me importa.

La huerta de la abuela despierta a la hora de la siesta. De los árboles de duraznos, chabacanos y aguacates suben y bajan las hormigas y una mariquita recorre mi nombre, Yolanda, pintado en el asiento del columpio, que cuelga del manzano justo en medio de la huerta, en el que mezo escasos sueños y anhelos; una corona de azucenas para la fiesta de Santa Isabel, un vestido blanco para llevar flores a la Virgen el Domingo de Pascua.

En la tarde, la huerta duerme con el ocaso.

Las hormigas regresan a sus casas y parece que la mariquita ya encontró la hoja extraviada.

La puertecilla que comunica la huerta con el patio de mi casa sigue abierta. Entro y la cierro con la aldaba.

Tras mis pasos, docenas de grillos la atraviesan y acuerdan secundar la melodía que ya mi padre toca en el zaguán con su guitarra vieja.

Mientras mi madre lo escucha con su vestido nuevo, el que confeccionó ella misma, gracias a la tela de raso color escarlata que le obsequió mi abuela.

La luz de la vela se multiplica con el abre y cierra de sus ojos negros.

Es su cumpleaños.

Sentada en la mecedora, celebra, arrulla y ama-
manta a Ana, su tesoro más pequeño, moviendo sus
gruesos labios rojos, al son de los boleros que canta mi
padre.

Cuando hace la seña de que la niña se ha dormido,
él deja la guitarra a los pies de la maceta de geranios;
y de la buganvilia que trepa por entre los surcos del
adobe, corta una flor que posa entre los labios carno-
sos de mi madre y la besa.

Antes de irme a dormir, atravieso el zaguán, voy a
la cocina y bebo la canela. Con el cuerpo tibio entro a
la pieza. Cierro la puerta. Entre los pies rugosos de mis
tres hermanos, busco a tientas mi lugar en la cama.

Me acuesto, me arrullo, me duermo con los versos,
con los besos sabor a buganvilia de mis padres.

Arráncame la vida

Yolanda, te hablo sólo para decirte que he comprado un juego de colchones. Los viejos, los cargué la otra noche hasta el arroyo. Prendí fuego. ¡Sí! Qué espectáculo. Ver entre las llamas tu sentencia: la unión de los cuerpos tiene fecha de caducidad. Junto con el colchón se quemó aquella primera noche que dormí solo, cuando te mudaste con todo y tus pertenencias al cuarto que dejó Joel. De ahí en adelante, en la oscuridad le di vueltas a la cama como manecilla de reloj, pensando en tu figura joven encima, debajo, a un lado de mi cuerpo acabado. Así que la otra noche soplé el fuego que salía del colchón con mi aliento de hombre en descomposición y cuando todo fue cenizas, regresé a la casa. Puse a tocar mi tango preferido, me serví un *brandy* y subí a tu recámara.

Poco queda ya de tu presencia. He quemado los objetos. Sólo me quedan las palabras escritas, las tuyas en el cuaderno y las de tu padre en un poema:

A Enedina
Hagamos de cuenta
que todo fue un sueño
que fue una mentira
habernos amado

Y así buenamente
nos queda el consuelo
de seguir creyendo
que no hemos cambiado

Yo tengo un retrato
de aquellos dieciséis años
cuando eras del barrio
al calor familiar

Quiero verte siempre
linda como entonces
lo que pasó ayer
fue un sueño nomás.

Fernando Montaño Pérez

8-16-1947

¡Lo que pasó fue un sueño nomás! Me cago en el puto poema de tu padre. Poeta. Sí, de él heredaste la escritura rebuscada, esa que quiere comunicarse escondiéndose, cubriéndose con palabras educadas, en vez de hablar claro y de frente, como lo hacen los hombres valientes, y no los poetas cobardes, como lo fueron tú y tu padre, y toda tu pinche parentela sureña de locos holgazanes. Voy a prender fuego a su poema ahora mismo. En un balde de peltre, afuera, en el patio trasero, donde los ratones y cucarachas huyen al ver las llamas, y yo les abro la puerta para que se refugien en mi casa. Pasen. Bienvenidos. Que nadie diga que vivo solo.

Ya se van quemando una a una las palabras escritas en tu cuaderno insano, en donde vuelve a morir ese hombre, Alejo, y su obsceno olor a frutas de estación del que no quiero que quede nada, nada, nada.

Frente al fuego que se refleja en mis ojos pasa cojeando la araña. Se retuerce tras el hilo de humo que se extingue. Con la hilacha enredada que le queda desteje, punza con su aguja y me veo tocando la puerta de tu cuarto aquella tarde, después de todo un día de encierro. Toco. Toco. Yolanda, ábreme. Son las diez. Vamos a cenar. Silencio. Silencio. No respondes. Bajo las escaleras. Busco las llaves para abrir tu cuarto por todas partes sin encontrarlas. La cocina. El cuchillo. Subo. Fuerzo la puerta. Entro. Te veo tendida en la cama, somnolienta, junto a la maleta, con las llaves en tu mano derecha y abierta mi navaja. ¿Te ibas? ¿Me dejabas? Pero, mujer, a mí nadie me deja.